KB254116

내가 되는 법

내가 되는 법

글쓰기 모임에서 시작된
내밀한 고백

내가 느낀 감정
자주 꾸는 꿈과 그리는 미래
행복했던 장소의 기억과
좋아하는 것을 말하고
지나온 시간 속 장면을 남기면,

당신은 잠시 내가 되어보세요.

나영
승

━━━

가람
유나
서영
승연

차 례

들어가는 말

이형정
작가, 일러스트레이터

초면에 함부로 말하는 사람에게 묻고 싶었습니다. 당신은 나를 잘 모르시면서 왜 그런 말을 아무렇게나 하시는 건가요? 라고 말입니다. 하지만 저는 입을 열어 음성으로 전달하지 못했습니다. 그 무례한 상대를 조금 오래 응시하는 게 최선인 사람, 그렇게 표현하는 게 익숙한, 저는 그런 사람이라서요.

나를 안다는 것. 내가 어떤 사람인지 누군가에게 설명하고 이해받는다는 것. 결코 쉬운 일이 아니라는 걸 압니다.

스스로가 내가 어떤 사람인지 모르는 시간을 지나오면서 저는 답답했고, 실수하며 혼란스러웠고, 그런 무수한 방황의 날을 통과하여 나를 오롯이 들여다보는 사람이 될 수 있도록 도와준 건 글쓰기였습니다. 내 안에 쌓인 이야기를 글로 적을 때 온전히 왜곡되지 않은 나를 만날 수 있었어요. 글쓰기를 계속하며 좋은 기회로 단행본을 출간한 작가가 되고, 동네서점에서 글쓰기 수업을 부탁받아 저마다의 이유로 글을 쓰고자 하는 사람들을 만나게 되었습니다.

첫 글쓰기 수업을 진행하면서 어떤 주제로 글을 쓰나 고민하다 선택한 것은 '나'였습니다.

어느 시대나 '나'라는 주제는 글쓰기에 빠지지 않고 등장하는 단골 주제이고, 나는 어떤 사람이고 어떤 사람이 되기를 소망하며 과거, 현재, 미래의 모습을 그려보고 알아가고 나아가 스스로의 삶을 어떻게 이끄는지, 거짓과 허상의 존재로서의 '나'가 아닌 진짜 '나'를 찾아가는 과정을 많은 작가는 글로 풀어내 왔기에 그 과정을 함께 경험하기를 바랐습니다.

글쓰기 수업을 하면서 제가 세운 목표 중 하나가 참여하는 분들이 [나를 제대로 설명할 수 있는 사람이 되는 것]이었는데, 6개월의 시간이 흐른 지금 그 목표는 이뤄진 것 같아요.

글로 마주한 그들의 내밀한 고백은 서로 닮지 않은 외형만큼이나 각자 다른 이야기를 품고 있었고 고유한 존재로서 삶의 다양한 모습을 그려내고 있었습니다. 그와 동시에 '나'로 살아가는 사람이라면 공감할 수 있는 이야기도 같이 담겨 있어 재미와 깨달음, 위로와 연대감을 느끼며 읽는 사람으로서 저는 기쁘고 즐거웠습니다. 처음 이 감정을 선물해 준 학인의 글 하나를 소개합니다.

〈여름 물고기〉

한국인들에게 왜 나를 이렇게 키웠는지 묻고 싶다. 게으르고, 민첩하지 못하면 스스로 못난 사람이라고 여기게 된다. 시간을 낭비했다는 자책 없이 잠들려면 부지런히 몸을 움직여 한 톨의 시간도 허투루 보내지 않아야 한다. 그래서 겨울이 싫다. 추위에 몸을 웅크리고 전기장판 위에서 몇 시간이고 꼼짝 못 한 채 있다 보면, 내가 꼭 게으른 사람 같다. 봄의 따뜻함은 성에 차지 않고, 가을의 따뜻함 속에선 곧 다가올 겨울 냄새가 난다. 풀과 나무, 구름 한 점까지 자기 색깔을 선명히 하는 때가 오고 나서야 이야기를 찾아 나서는 주인공이 된다. 두 팔을 펼쳐 뜨거운 햇살 속에서 또 어떤 모험이 일어날지 기대한다.

애써 부추기고 재촉하지 않아도 흐르는 땀은 괜히 뿌듯함까지 느껴지게 한다. 벌써 29번째를 맞이한 여름은 매번 다른 이야기를 남겼고, 두 번의 여름은 특히 선명하다.

한번은 수족관 안에 평생을 살아온 물고기처럼 계절을 보냈다. 아침에 눈을 뜨면 머리를 양 갈래로 땋고 수영복을 입고 나가 바닷물로 세수하고, 화순 앞바다에 등을 둥둥 띄워놓고 물고기들을 따라다녔다. 어떤 날은 화순항 등대의 시선을 따라가고, 어떤 날은 산방산 부처님 따라 가부좌를 트고 가만히 앉아 제주를 내려다봤다. 습한 제주 공기 속에서 물고기들을 따라 헤엄치듯 제주의 움직임에 맞춰 흐르듯 지냈다. 섬 끝자락에 드디어 다 닿았다며 거친 호흡으로 걸터앉는 파도들. 낮이나 밤이나 마주 서서 손뼉 치며 춤을 추는 풀들, 어느 날은 살갑고 어느 날은 쌀쌀맞아서 어느 장단에 맞춰야 할지 모르겠는 그런 바람들을 구경했다. 쏟아지는 웅장함과 두려움, 경외감을 온몸으로 느끼며 산방산의 그림자 밑에서 자전거를 탔다. 신은 내 안에 있다던데, 풀 안에, 구름 안에, 바람 안에 신이 보였다. 그 안에 숨 쉬는 내가 보였다. 정확히는 그들이 살아 숨 쉬어야 내가 살아 숨 쉴 수 있음을, 나를 살리기도 하고 죽이기도 하는 그런, 찰나를 함께 살아가는 이들이 보였다.

여기 앉아 피어나는 것들을 보라고 여름이 내어준 품이었다.

휴,

어떤 여름은 꼬박 10달을 여름으로만 채워 보냈다. 1년에 3모작 계단식 쌀 농사를 짓는 곳이라는 정보 말곤 아는 것이 하나 없었다. 호치민에서 어떤 대회가 열리는데, 사람이 한 명 부족하다는 연락에 급하게 비행기에 함께 올라탔다. 번갯불에 콩 볶듯이 대회도 뚝딱, 대회가 끝나고 교수님이 '너는 뭘 잘하니' 묻는 말을 시작으로 어른들 앞에서 면접도 뚝딱, 그렇게 인턴 생활을 시작하게 됐다.

베트남살이 첫날, 다들 오토바이를 타고 다니느라 깨진 채로 오랫동안 방치되어 있던 보도블럭 위에 캐리어 두 개를 끌고 찾아간 카페 한쪽에 있는 소파에서 하룻밤을 보낸 뒤, 습하고 쨍한 더위에 쫓겨 급하게 집을 구했다. 네 면의 벽을 하늘색으로 칠해놓아 까만 바퀴벌레가 어디로 가는지 훤히 볼 수 있는 곳이 베트남에서의 첫 집이었다. 인턴 비자를 받고 출근한 지 이틀째가 되자 우리 회사에선 일을 시킬 게 없다며, 다른 회사에 함께 택시를 타고 찾아가 다음부턴 이곳으로 출근하면 된다고 어떤 사장님을 소개해 주셨다. 그곳에서도 딱히 시킬 일은 없으니, 있는 동안 많이 놀고, 많이 보고, 출근한 시간 동안 편히 공부하라 하셨다.

문제는 내가 맘 편히 공부하고, 많이 노는 것을 가장 못하는 사람이라는 점이었다. 쓰임이 없으니 존재의 의미를 찾지 못했다. 마음이 뜨거운 건지, 날씨가 뜨거운 건지 구분을 못하고 포기도 못했다. 다른 친구들은 자격증에, 토익 성적에, 학점까지 켜켜이 쌓아도 가기 힘든 해외 인턴을 나는 운이 좋게 가게 되었으니 손에 꼭 쥐고 놓을 수가 없었다. 사용하던 시간도, 지내본 환경도 낯선 곳에서 잘살아 보려고 욕심껏 발버둥 쳤는데 자꾸 모래 안으로 파고들어 가고 있었다.

도로 위를 가득 채운 반딧불이 같은 오토바이 랜턴과 귀에 익지 않은 베트남어 사이에서 찾아오는 수많은 고민과 질문을 젊음의 특권처럼 달게 받으며 살았는데, 그것은 나에게 또 한편의 진한 그림자가 된 것 같다. 낯선 땅 위에서 목적 없이 곤두선 예민함이 주변 상황에 대한 의식이 무뎌지게 했고 이는 곧 계속해서 사고를 만들어냈다. 쓰임의 의미를 찾고자 잘해보려는 마음이 자꾸 누군가의 선을 넘었다. 실수건 사고건, 책임은 내 몫이었다. 때에 따라 가끔은 가만히 있어야 함을 그제야 익히고 배웠다.

약해진 맘 위로 쏟아지는 당황스러움과 부담감, 자존심을 버틸 힘이 없었다. 맘에도 없는 소리가 입 밖으로 흘러 나를 괴롭혔다. 습해진 종이 위에 볼펜을 꾹꾹 누르며 마음에도 없는 소리를 다 뱉고 나서야, 다시 오지 않을 지금이 너무 아름답고, 아쉽게 느껴졌다. 그제야 호치민의 습한 공기가 헤집어진 내 머리칼을 계속 넘겨주고 있었음을, 사방에서 끊이지 않고 들리던 오토바이 경적이 시야를 들고 세상을 더 넓게 보라고 알리는 소리임을 알 수 있었다.

이렇게 두 번의 여름을 보냈다. 제주에서 느낀 무한한 자유로움과 살아있음은 호치민에서 겨우 찾아낸 내면의 자유로움과 살아있음과는 다른 것이었다. 20대 중반에 겪은 호치민에서의 치열했던 발버둥이 없었다면, 제주도의 생동감과 평온함을 달게 느끼지도 못했을 것이다. 여름에 하루 놀면 겨울에 열흘 굶는다던데, 부지런히 여름을 보낸 덕인가 요즘 나는 겨울에 전기장판 위에서 꼼짝을 못 하고 잠만 자도 배가 부르다. 초라한 마음에 비가 와도 젖지 않는 법을, 눈이 와도 얼지 않는 법을 알려준 소중한 여름들이다.

●

다시 읽어도 좋네요. 이런 이유로 아끼는 글을 모아 소개하고 제가 느낀 감정을 전하고 싶다는 마음으로 책을 만들게 되었습니다. 타인이 내가 되는 법, 잠시나마 '나'라는 사람을 이해하고 타인으로서 내가 되어보는 것. 그 경험을 위해 용기 있게 글로 '나'의 베일을 벗겨낸 사람들의 이야기를 만나는 시간이 부디 당신에게 기쁨이길 바라며 저는 가만히 기다리겠습니다.

1장
내가 느낀 감정

잠수

가람

　감정에 대해 글을 마무리하지 못한 지 벌써 이 주가 되었다. 내가 느꼈던 것을 네모반듯한 글자의 형태로 정리하기만 하면 되는 간단한 일인데 정말 진도가 나가지 않았다. 주제를 받자마자 내가 어떤 순간을 적고 싶은지 알았고, 머리에서 생각이 뱅글뱅글 돌았는데, 이상하게 그걸 꺼내서 쓰다 보면 문장을 정돈하는 사이에 생각들이 원래 없었던 듯이 사라져버렸다. 잘 쓰고 싶은 압박감이 나를 가로막은 것인지, 아니면 그냥 아직 여물지 않은 생각이어서 꺼내놓을 준비가 되지 않았던 것인지, 이유를 모르겠다. 하루에도 수많은 감정이 오고 가지만 나도 정체를 모르는 감정이 많다. 이해하지 못하는 것을 묘사하고 표현하기가 참 어려웠다.

　고백하자면 내게 대체로 감정은 이해하기 전에 그저 겪어내야 하는 것이었다. 때때로 내가 예상치 못한 곳에서 아주 빠르게 감정이 파도처럼 일어나 나를 덮치고는 정체를 파악할 새도 없이 금방 물거품처럼 흩어져 사라졌다. 흠뻑 젖은 채로 물을 뚝뚝 흘리고 있으면 누군가 와서 무엇이 너를 덮쳤냐고 물었다. 나는 내 입속에서 버석거리는 모래를 꼭꼭 씹어서 종이로 곱게 싸서 보여주었다. 또는 소금기가 하얗게 말라붙은 팔뚝을 보여주었다.

감정이 지나간 잔해를 보고 나를 덮쳤던 감정의 이름을 추측하는 게 내 방식이었다.

그러다 한 번은 그 잔해마저 모두 쓸려나가서 아무것도 남지 않았다는 것을 발견한 적이 있었다. 일 년 반 전 학교 수영장에서 자유형을 하고 있을 때였다. 그즈음 너는 대체 무엇을 하고 싶은 건지 모르겠다는 소리를 자주 들었다. 다른 사람들은 자신이 좋아하는 것이 무엇인지 바로 답할 수 있었다. 지금 하는 일이 앞으로 하고 싶은 일과 어떻게 연결되는지 일관된 서사를 가지고 있었다. 나는 같은 질문에 늘 제대로 된 답을 내지 못했다. 잔해는 그저 남은 것일 뿐, 아무리 엮어도 서사를 만들 수 없었다. 매일 제자리를 뱅뱅 돌다가 하루가 지나갔다. 그나마 수영장 레인은 여러 번 뱅뱅 돌아도 괜찮은 곳이었다.

레인을 돌면서 자신에게 계속 물었다. 앞으로 뭘 하고 싶어? 모르겠어. 당장 한 달 후에는 무엇을 하고 싶어? 모르겠어. 내일은 무엇을 하고 싶어? 모르겠어. 한 시간 후에는 뭘 하고 싶어? 모르겠어. 질문은 점점 단순해져서 이런 지경에 도달했다. 조금 있다가 저녁에 뭘 먹고 싶어? 예전이라면 바로 답을 했을 질문인데 이제는 아니었다. 애초에 무엇을 먹고 싶다는 게 어떤 감각이었는지 도통 기억이 나지 않았다. 기억을 더듬어 그 감각을 찾아보려고 했지만 정말 기억이 나지 않았다. 무엇인가 먹고 싶어서 장을 보고 요리하고 식당을 찾아다니던 일들이 모두 내가 아니라 다른 사람이 겪은 일처럼 멀게 느껴졌다.

　수영장 레인의 벽을 잡고서 아주 거대하고 텅 빈 마음을 직시했다. 남들이 내가 하고 싶은 것을 모르겠다고 답한 건 아주 정확한 관찰이었다. 나는 내가 무언가 먹고 싶다는 게 무슨 느낌이고 먹기 싫다는 건 무슨 느낌인지조차 제대로 답하지 못할 만큼 나에 대해 아무것도 몰랐다. 무언가 소중한 감정을 잃어버린 것 같았다.

　그 사건 이후 나의 목표는 좋고 싫다는 느낌을 다시 찾는 일이 되었다. 무엇이 좋은지, 싫은지 물어보았을 때 적당히 넘어가는 대신 정말로 내가 느끼는 그대로를 말하고 싶었다. 감정을 다룬 책을 읽고 영상을 보고 상담받았다. 다들 하나같이 지금 여기에서 내가 무엇을 느끼고 있는지 물었다. 힘들어도 그 힘든 느낌에 잠시라도 머물러주어야 한다고 했다. 물에 잠긴 상태로 몸의 감각을 곤두세워서 물의 온도와 느낌을 느끼듯. 그래서 감정에 머무르기 위해 글과 명상의 힘을 빌렸다. 가슴이 답답하고 생각이 이리저리 날뛸 때 일단 아무것도 하지 않고 멈춰서 명상 앱을 켰다. 눈을 감고 가이드 음성을 들으면서 시키는 대로 무작정 숨을 내쉬고, 들이마셨다. 그러다 보면 조금씩 명치 언저리가 꽉 막힌 느낌이 줄어들었다.

그 느낌이 무엇인지 알아보아야 한다고 해서 그럴 때마다 일기장을 펼쳐 하나도 정돈되지 않은 문장으로 내가 무엇을 겪고 있는지 줄줄이 썼다. 하루는 이렇게 썼다. "숨이 얕게 쉬어지고, 손발이 살짝 저리고, 힘이 안 들어가고, 계속 하품이 난다. 으슬으슬하다." 이 느낌이 무엇을 말하고 있는지 알아보아야 한다고 해서 감정 단어 앱을 다운받았다. 감정 단어 리스트를 켜서 단어의 뜻을 다 살펴보면서 지금 내가 느끼는 것과 비슷한 문장이 쓰여있는 단어를 몇 개 골랐다. 보기에 어지럽고 정돈이 안 된 마음은 '혼란', 마음이 편하지 않고 뒤숭숭한 상태는 '불안'이었다. 그러니까 나는 혼란스럽고 불안했던 것이다. 단어로 이름을 붙이니까 무언가 이해가 되기 시작했다. 혼란스러운 느낌은 주로 내가 원하는 속도로 원하는 결과를 내지 못할 때 주로 찾아왔다. 그리고 꼭 그 느낌이 찾아오기 전에는 짜증이 났다. 혼란과 불안은 짜증을 해결해야 한다는 신호였다. 신경에 무언가 거슬리면서 짜증이 나면 내 몸이 나에게 위험에 빠졌다고 말하는 것이었다. 그렇다면 위험하지 않다는 걸 확인하기만 하면 숨이 얕아지고 가슴이 답답해지지 않을 수 있었다. 나름의 이치를 찾아내자 힘이 생겼다.

짜증을 기점으로 나는 좋고 싫다는 느낌을 알려주는 신호를 조금씩 찾아가기 시작했다. 일 년 반이 지난 지금도 그 과정은 현재진행형이다. 약간의 차이가 있다면 예전에는 감정을 겪어낸다고 생각했는데, 이제는 감정을 먼저 찾아가고 있다는 것이다.

아직도 감정을 온전히 느끼는 건 어렵다. 수영장에서 잠수를 연습하는 것과 비슷하다. 사실 나는 물에 뜨는 건 곧잘 하지만 아직도 수영장 밑바닥까지 가라앉는 건 못한다. 수영을 잘하는 새언니의 말에 따르면 힘을 빼면 몸은 쉽게 가라앉는 것인데, 내 몸은 힘을 빼면 수면 위로 둥실 떠 오르기만 하고 도통 가라앉지 않는다. 약이 올라서 억지로 수영장 바닥을 향해 수직으로 헤엄쳐 바닥 근처까지는 간 적이 있지만 바닥에 머무르지 못했다. 감정의 바다에 깊이 잠수해 들어갈 때도 마찬가지이다. 아무리 발을 박차도 어느 깊이에 이르면 유리로 된 벽에 가로막힌 듯이 더 나아갈 수 없다. 누군가 내 다리를 잡고 위로 들어 올리는 느낌과 함께 매번 수면 위로 빠르게 떠 오른다.

때로는 몸에 힘이 하나도 들어가지 않아서 그냥 수면에 떠 있기도 버거운 날도 온다. 솔직히 최근 이 주도 그런 시간이었다. 열심히 잠수를 해온 날들을 쓰려고 하니 갑자기 다 부질없이 느껴지고 헛된 발버둥에 지나지 않았던 것에 너무 엄청난 의미를 부여하는 것 같았다. 열심히 발을 박차서 밑바닥에 도달해도 거기엔 내가 기대한 만큼 엄청난 것이 없을 것이다.

해냈다는 기쁨은 이틀만 지나도 유통기한이 지나서 쉬어버릴 것이다. 시간이 흐르면 머무르고 싶었던 순간도 관계도 다 변하고, 떠나고, 사라질 것이다. 비관은 느릿느릿한 목소리로 나를 수면 아래로 끌어내리다가 위로 내동댕이치기를 반복했다. 잠수가 아니라 조난의 시간이었다.

　그럴 때마다 기억나는 어떤 순간이 있다. 수영장에서의 사건 이후 무언가 다시 느끼고 싶어서 무료 공연을 많이 찾아다니다가 어떤 아카펠라 합창단의 공연에 갔다. 그 공연에서 관객들이 다 함께 후렴구를 따라 부르는 시간이 있었다. 일면식도 없는 사람들이 만들어 낸 화음이었는데 무언가 꽉 찬 느낌이 공연이 끝나고도 계속 마음에 남았다. 주차장으로 향하는 길에 나도 모르게 그때 부른 선율을 흥얼거렸다. 공기는 선선했고 문득 올려다본 하늘에는 별이 반짝였다. 내 심장은 일정한 박자로 두근거렸다. 문득, 배가 고팠다. 집에 먹을 게 있나? 조금 매콤하고 달콤한 것이 먹고 싶다. 비빔밥 같은 것. 그렇게 구체적으로 무엇인가 먹고 싶어진 게 참 오랜만이었다. 나중에 찾아보니 그때 느낀 감각에 가장 가까운 감정은 설렘, 마음이 가라앉지 않고 들떠서 두근거리는 상태였다.

　무언가 먹고 싶은 것이 생기는 것은 배고픔이라 생각했는데 돌이켜보니 그때 나는 설렘을 느껴서 무엇이 먹고 싶어졌다. 설렘은 내가 살아있다는 신호였다.

화(火)의 폭풍 속에서 살아남기

유나

● 내 안에 화가 너무도 많아

　평소 감정을 드러내는 데 서투른 편이다. 특히 내 안에 솟아나는 부정적인 감정을 인정하지 않으려 했다. 마음속 깊이 고여있는 시기심, 열등감, 수치심을 느끼지 못하는 척, 쿨한 척하며 살았다. 나의 '평온한 얼굴' 가면 밑에는 온갖 부정적인 감정들이 똘똘 뭉쳐 분노로 활활 타오르는 진짜 내 얼굴이 있다. 아마 얼굴에 티가 다 났겠지. 그렇다. 사실 난 누구보다 예민하고 감정적인 사람이다.

　내 안의 불같은 화를 다스리고자 참 많이 애써왔다. 인간 심리와 관련된 책도 몇 권씩 사서 읽고, 여러 상담소를 찾아다니며 한동안 개인 상담도 받았었다. 상담을 받고 혼자 책을 읽으며 내가 화가 많은 이유가 뭔지 곰곰이 생각해 보았더니, 어린 시절 누군가와 자주 비교를 당했던 일들이 떠올랐다. 비교의 대상은 주로 친구, 친동생, 사촌동생, 부모님 친구 딸이나 아들이었고 비교되는 이유는 외모, 키, 성적, 운동신경, 학교생활 등등 다양했다. 천성이 감정에 예민하고 인정욕구가 컸기에 비교당했을 때 마음에 상처를 많이 받았던 것 같다.

지금도 그렇지만 어릴 때의 나는 유난히 조용하고 내성적인데다, 무언가를 한번에 이해하기보다는 여러 번 반복해야 겨우 습득할 수 있었던 아이였다. 이렇다 보니 주변에서는 내가 또래에 비해 늦되고 만만해 보였는지 염려 반(주로 내 부모님이), 조롱 반(이건 타인이)으로 'OO이는 안 그러는데 너는 대체 왜 그러니?'라며 강제로 비교를 당해야 했다. 또한 집에서 장녀였기에 어른들은 항상 동생보다 더 엄격하게 날 대하셨다. 동생과 내가 같이 사고쳐도 나만 혼난 것은 물론이고, 동생이 잘못을 저질렀어도 '언니인 네가 모범을 보이지 못했으니 동생이 보고 배우지!'하며 억울하게 동생이 아닌 내가 혼나는 일들이 비일비재했다. 이런 상황을 자주 겪다 보면 누구라도 마음속에 분노의 불이 활활 타오르지 않을 수 없을 것이다.

이 분노의 불을 어찌할 수 없어 오래 괴로워했다. 자라면서 나보다 잘난 사람들, 내게 없는 걸 갖고 있는 사람들을 만나면 혼자 비교하며 침울해했다. 누군가가 본의 아니게 내 콤플렉스를 자극하는 말과 행동을 하면 화르르 타올랐다. 차라리 마음껏 악을 쓰고 하고픈 말 다 질러버리면 후련하기라도 할 텐데, 그건 또 겁나서 못했다. 학교를 졸업하고 사회인이 되니 세상엔 온통 분노를 일으키는 것들밖에 없어 보였다. 학생 때와 달리 밥벌이가 걸렸기에 화나도 더더욱 참을 수밖에 없는 상황들이 많았다. 그동안 참으며 살았듯이, 똑

같이 참고 견디면 저절로 해결되겠거니 했다.

　그러나 내면의 화를 계속 외면하다 보면, 언젠간 반드시 폭발하게 마련이다. 그것도 전혀 생각지 못한 때에, 내가 의도치 않은 때에 말이다.

　결국 몇 년 전, 차곡히 쌓아오던 분노와 속에 담아두기만 했던 말들을 가족들과 당시 직장 상사였던 분에게 폭풍처럼 쏟아내 버렸다. 어쩌다 보니 나도 모르게 화를 내버렸다. 당시 나는 상사의 갑질로 마음 고생을 심하게 해서 화가 부글부글 끓고 있었다. 반항할 줄 몰랐던 애가 그렇게 폭발했으니 난리가 났다. 상사는 내게 마구 화를 냈고, 결국 상사에게 찍혀 팀이 바뀔 때까지 고생 좀 해야 했다. 부모님께서는 화를 내실 줄 알았는데 의외로 묵묵히 내 말을 들어주셨다. 부모님이 내 감정에 공감해주시니 너무나 큰 위로가 됐다. 진짜로 내 편이 생긴 기분이었다. 한바탕 후폭풍을 겪어야 했지만, 처음으로 후련하다는 감정을 느꼈다. 그때로 다시 돌아가도 내 할 말을 했을 것이다.

● 화를 다스리는 법을 배우는 중입니다

　상담받을 때 상담 선생님께서 내 이야기를 잘 들어주시고 적절한 조언도 해 주셔서 위로를 많이 받았지만, 마음에 왠지 모를 답답함을 느꼈다. 왠지 정작 화내야 할 사람에게 화내지 못하고 괜히 엉뚱한 사람한테 화풀이하는 느낌과 비슷했다(물론 상담사님께 화를 낸 적은 없다). 이런 고민을 말하니, 그러면 날 힘들게 했던 사람들에게 솔직한 내 심정을 표현하는 게 어떻겠냐, 말로 하기 힘들면 편지를 써서라도 감정을 전달해보라는 말씀을 해주셨다. 나도 이 방법이 문제 해결을 위한 열쇠임을 알고는 있었지만, 실천하기엔 결코 쉽지 않은 일이었다. 결국엔 예상치 못한 상황에 폭발해 버렸지만 말이다.

그 사건 이후로, 부정적인 감정을 건강하게 다루고자 온갖 방법을 연구해 봤다.

일단, 감정이 올라오면 참지 않았다. 이제껏 살아온 방식을 내려놓고 분위기 싸해지더라도 할 말을 해버리거나, 싫으면 대놓고 거절하거나, 바락바락 대들며 싸우기도 했다. 참으며 사는 게 얼마나 고통스러운지 잘 알기에 나중에 후회하더라도 할 말은 해보기로 한 것이다. 말할 때는 등에서 식은땀이 나고 심장이 콩닥콩닥했지만, 내 생각과 감정을 표현할 때마다 스스로 강해짐을 느꼈다. 특히 우리 부모님께 너무나도 감사하다. 이제 보면 부모님의 말과 행동은 전부 자식을 향한 사랑이 가득했는데, 다만 부모도 인간이니 표현 방식이 서툴렀을 뿐인데, 내 안의 화에 꽁꽁 갇혀 있어 그 사랑을 느끼

지 못했다. 오열하며 두서없이 내뱉는 내 속 이야기를 부모님께서
는 묵묵히 들어주시고는 앞으로 고민이 있으면 혼자 끙끙대지 말라
고 하셨다. 분노의 감옥에서 빠져나오니 내 마음에 다시 따스한 빛
이 스며들었다.

내가 다시 안정될 수 있었던 건 결국 '사람' 덕분이었다. 한때는
주위 사람들이 모두 나의 적 같고 나를 괴롭게 한다고 느꼈었다. 왜
내 주변에는 이상한 사람들밖에 없을까 실망했던 적도 있었는데,
좀 더 시간이 흐르니 좋은 사람들과도 만나게 됐다. 나를 인정해 주
고 좋게 봐주는 좋은 이들을 만나니 잃었던 자신감과 자존감을 되
찾았다. 다시 사람에게 다가갈 수 있게 됐고, 사람을 포용할 수 있
는 여유가 생겼다. 상처받기 싫어서 마음의 문을 꽁꽁 닫고 살았는
데, 사실은 무엇보다 사람이, 관계가 그리웠던 것 같다.

항상 사람에게 의지할 수는 없기에, 내면의 감정을 다스리기 위
한 나름의 예방법도 찾아냈다. 마음이 울적해 견딜 수 없을 땐 휴대
전화를 내려놓고 책을 읽는다. 책에서 다양한 사람들의 이야기와
생각을 접하며 위로를 많이 받았다. 책 속의 인물들을 통해 나를 힘
들게 했던 사람들도 조금은 이해할 수 있는 여유가 생겼다. 코로나
로 인한 거리 두기가 해제된 후에는 국내외로 다양하게 배낭여행
을 다녀왔다. 낯선 곳에서 각자의 방식대로 다양하게 살아가는 사
람들과 이국적인 풍경을 보고 있으면 나도 나답게 잘 살 수 있다는

위로를 받는다. 여러 예상치 못한 상황을 겪을 때도 있었는데, 결국 문제는 어떤 식으로든 해결되는 걸 몇 번 겪으니 내 뜻대로 안 돼도 조급함을 내려놓을 수 있는 여유를 배웠다.

어떻게 해도 머릿속의 잡생각이 떠나지 않을 땐 운동 가방을 챙긴다. 작년 1월부터 수영을 배우기 시작해 지금까지도 하고 있다. 6개월 이상 꾸준히 운동한 건 수영이 처음이었다.

수영으로 인해 인생이 바뀌었다고 감히 말할 정도로 나의 육체와 정신 건강에 큰 영향을 끼쳤다. 생각이 많을 때 물속에서 팔다리를 열심히 휘젓고 나오면 폭풍 같던 마음속이 평온해진다. 작년 말부터 시작한 발레는 삶의 시야를 한층 넓혀 주었다. 더디지만 차근차근히 자세와 동작을 다듬어나가고, 어떻게 하면 다리를 더욱 찢을 수 있을까, 발레 실력을 늘릴 수 있을까 고민하느라 바쁜 나머지 부정적인 감정이 끼어들 틈이 없다.

'화'는 이제까지 내 인생에서 아주 큰 자리를 차지했다. 이놈의 화 때문에 수많은 밤을 괴로워하고 눈물로 베개를 촉촉이 적셔왔다. 화를 잘 다스리고자 수년간 발버둥 쳐 왔기에 지금 내가 이만큼 성장하지 않았나 싶다. 그리고 부모님과 여동생을 비롯해 나를 기다려주고 위로해 준 사람들에게도 너무나 감사하다.

인복은 별로 없다고 생각했는데, 알고 보니 복이 내 옆에 가까이 머물렀다는 걸 늦게도 깨달았다. 나도 이렇게 위로받았으니 이제는 내가 누군가에게도 조금이나마 위로를 줄 수 있는 삶을 산다면 좋겠다는 생각이 든다. 그렇게 살아가고 싶다.

과거에 어려운 일을 겪은 건 맞지만, 앞으로 어떤 마음으로 살지 결정하는 건 지금의 나다. 여전히 흔들리고 또 폭풍우 같은 순간이 오겠지만, 지금껏 잘 살아남아 왔으니 어떻게든 또 빠져나올 것이다. 화를, 감정을 느낀다는 것은 내가 생생히 살아있으며 앞으로 나아가고 싶다는 증거이니까.

합치면 까매져요.

서영

우울할 땐 울면, 짜증 날 땐 짜장면, 싫으면 짬뽕!

고3 수험생 시절, 나와 내 친구들은 석식을 먹고 운동장을 돌며 저 노래 가사를 고찰한 적이 있다.

"우울할 땐 그냥 울어버려야지 뭔 울면이야!"

"짜증 날 때 짜장면은 괜찮지 않나? 탄수화물 들어오면 기분 좋아지잖아."

"역시 올바른 인성은 탄수화물에서 나오는 거지."

"아, 짬뽕이 저렇게 대체재 취급받는 게 맞다고 생각해? 짬뽕은 요리야."

"짬뽕은 쉽게 연결되는 감정이 없잖아."

"우리가 만들자. 짬... 짬... 짜암.. 참나? 야, 찾았다, 짬뽕."

"뭔데?"

"어이없고 열 받을 땐 짬뽕!"

세 명의 수험생은 뭐가 그리 즐거웠는지, 어이없다며, 짬뽕이네!

라며 깔깔대고 웃었다. 그때의 나는 즐거움이 가득한 사람이었다. 까만 즐거움이 형형색색의 다른 감정들을 다 덮어버렸던 시절이었다.

점심 먹고 매점에 가서 아이스크림을 먹는 것도, 야간자율학습(야자) 시간 전에 운동장을 걸었던 것도, 야자 시간에 선생님들 몰래 복도에서 만나 로맨스 소설을 함께 기웃거렸던 것도 모두 즐거웠다. 기뻤고, 그 순간이 행복했다. 남들은 다 대학교 걱정하며 우울해할 때도, 나는 특유의 낙천적인 생각으로 별생각 없이 행복해하며 살았다. '어디 하나는 붙겠지!'가 나의 입버릇이었다. 다행히 저 말이 이뤄져서 붙은 대학교들은 있었고, 나는 그중 하나를 골라 입학할 수 있었다. 그때부터 다채로운 감정들이 나를 칠하기 시작했다.

가장 강렬한 빨강은 불안함이었다. 20대 초반의 청춘을 즐기라는 말은 내게 사치였다. 학교에 입학하고, 내 학과가 교직 이수가 안 된다는 걸 알자마자 나는 전과를 준비해야 했다. 사범대로 가기 위해 전과를 준비하며 '아, 떨어지면 어떡하지. 어떻게 살아남지?'라는 불안함이 엄습했고, 그게 나를 빨갛게 물들일 때면 마음속에 남아있던 과거의 검은색은 빨강을 더 진하게 만들 뿐이었다. 모든 게 빨갛게 보이는 날이면 아무것도 손에 잡히지 않았다. 방을 빙빙 돌며 하릴없이 '어쩌지, 어쩌지'만 반복할 뿐이었다. 밥 먹는 것도 잊고, 눈을 깜박이는 것도 잊었다. 그러다 문득, '이러다 숨 쉬는 것까지 잊으면 나 죽는 건가?'하고 생각하기도 했다. 불안함을 느끼는 모두가 나처럼 느끼지 않겠지만, 나는 유독 불안함에 취약한 사람이란 걸 그때 깨달았다. 20살의 나는 불안함이 날 뜯어먹도록 허락했었다. 그 시기에는 전과에 성공하면 불안함도 사그라들 줄 알았다. 사범대로 전과하고, 임용을 준비하자, 영어과 임용 TO가 엄청나게 줄어들었다. 20년 초에 시작된 코로나 팬데믹과 그쯤부터 추락한 교권에 대한 뉴스는 잊을만하면 등장해 내 미래를 마구 뒤섞었다. 불안함이 사그라들 것이라 믿었던 건 썩은 동아줄을 믿은 것과도 같았다.

20살 겨울부터 시작했던 학원 아르바이트는 COVID-19의 여파로 인해 그만두게 되고, 나는 과외를 시작했다. 21살 무렵부터는 끝없이 불안한 감정이 지쳐서 그 감정을 내려놓고 흘러가는 대로 살아보자고 다짐했다. 그러자 내 안에는 어느새 새로운 색인 파랑이 등장했다. 파랑은 기대감이다. 학교 사람들과 처음으로 모여 밴드를 결성해 보기도 하고, 머리를 탈색하고 레드 바이올렛으로 염색해 보기도 했다. 내가 번 돈으로 드디어 내가 하고 싶은 일을 한다는 건 미래를 기대하게 했다. 그때는 공교육 교사만이 길이 아니고, 내게 주어진 여러 갈래의 길이 있다는 걸 깨닫기도 했다. 학원 강사도, 공무원도, 번역가도, 작가도 모두 내게 주어진 길이었다. 물론, 그렇다 해서 강렬한 빨강이 사그라들지는 않았다. 나는 자다가도 문득 불안함에 눈이 떠지기도 했고, 그런 밤은 울기도,

멍때리기도, 하염없이 두려워하며 보냈다. 하지만 앞자리가 처음 바뀌었던 과거의 나보다는 조금 덜 빨갛게 물들었었다. 그리고 그 시기에는 하얀색의 우울함이 섞인 두려움의 색, 핑크도 생겼다.

두려움을 느끼게 되면 나는 덜컥 심장이 내려앉았다. 설렘과는 다른 느낌이었다. 발바닥에 심장이 달린 것처럼, 그래서 발을 떼면 심장이 터져 죽을 것처럼 몸이 굳었다. 때로는 바닥에 주저앉아 잠시 눈을 감고 있기도 했다. 내 심장박동을 느끼며 아직 살아있음의 증거를 온몸으로 찾았다.

그래도 다행이었던 점은 내게는 사랑하는 사람들과 기쁨으로 가득 찬 취미가 있었다는 것이다. 가족도, 애인도 있었지만, 가장 든든했던 사람들은 내 감정의 빨강도, 핑크도, 하양도 모두 공유할 수 있는 친구들이었다. 같은 고민을 하는 친구를 곁에 둔다는 건 내 색을 옅어지게 해줄 물통을 옆에 두는 것과 같았다. 서로의 색을 팔레트에 칠하기 위해 붓에 물을 묻히고, 그 붓으로 물감을 들어 올리는 과정. 안 좋은 감정들은 흐려지고, 좋은 감정이 다시 일깨워진다. 그 일련의 과정은 서로의 힘든 고민과 아픈 감정을 희석해주었다.

좋아하는 취미는 사람마다 다르지만 나는 책 읽기와 글쓰기, 좋아하는 원서 번역하기가 취미였다. 책은 내게 현실도피처였다. 다양한 세계를 마주하며 내 현실에서 벗어나 잠시 타인의 삶을 경험할 수 있는 포털과도 같았다. 독서를 할 때면 내가 지닌 모든 색은 고요한 검정으로 뒤덮였고 특히 절절한 사랑 이야기를 읽으면 그 주인공이 되어 펑펑 울며 감정을 해소하기도 하고, 주식으로 성공한 사람의 책을 읽으면 당장이라도 주식을 매수할 것처럼 통장 잔액을 확인하기도 했다. 텅 빈 통장에 쓸쓸하기도 했지만, 그런 작은 행동들이 당장은 여러 감정들을 잊게 해주었다.

대학교를 졸업하고 사회에 내던져진 지금도 '뭐 해 먹고 살지? 나 어떡하지?'라는 불안함과 우울함, 두려움은 여전히 내 도화지를 빛낸다. 하지만, 한 점씩, 한 선씩, 한 면씩 좋아하는 사람들과 취미로 도화지를 검게 덮고, 그 위를 이쑤시개로 살살 긁어 내다보면, 모든 아픈 감정은 밤하늘의 은하수가 되어 있다.

누군가는 아파야 청춘이라 하고, 또 누군가는 왜 굳이 아파야 하냐고 묻는다. 그저 행복하기만 해도 짧은 청춘이라면서. 어느 쪽이 정답인지는 나도 모르겠다. 정답이 있는 질문도 아닌 것 같고. 만약 누군가 내게 청춘이 무어냐 묻는다면, 나는 까만 밤하늘에 무수히 빛나는 별처럼 자주 아름답고, 블랙홀처럼 종종 매섭고 아프기도 한 것이라 대답할 것이다.

검은색은 모든 색을 덮어버리기에 부정적인 평가를 받기도 하지만, (적어도 내게는) 모든 색은 검정으로 덮일 수 있기에 다행이다. 기쁨과 행복의 검은색은 다른 색들이 가끔 반짝일 수 있게 해주고, 지친 나를 품으로 데려가 쉬게 한다.

1984 겨울, 그녀.

승연

그녀는 아까부터 입술에 마른침을 발라가며 두 손을 모아 잡은 채 이제부터 일어날 일에 대한 기대와 얼마간의 두려움으로 가슴이 마구 뛰었다. 엉덩이만 간신히 걸터앉은 자세로 떠돌던 시선이 창밖을 향했다. 간밤의 폭설은 감아두었던 구름발을 펼쳐 놓은 듯 세상을 하얗게 덮었다. 유난히 매서웠던 지난 겨울바람에 깎여 앙상하게 마른 사시나무 가지가 가늘게 떨고 있었다.

학생회관 휴게실 출입구 왼편에 자리 잡은 매점 앞쪽으로 간이 탁자와 의자들이 각자 일정 거리를 두고 제멋대로 놓여 있다. 한 가운데쯤 놓인 난로에서 공간을 덥히는 열기가 퍼져 나왔다. 난로 옆 휴게실 중간께 앉아 있는 그녀 앞에는 탁자를 사이에 두고 비스듬히 기대앉아 가느다란 눈으로 그녀를 건네다 보고 있는 남자가 있다. 비워진 남자의 일회용 컵과 달리 반 넘어 남아 있는 여자의 커피가 식은 채 굳은 듯 보였다. 그녀는 공손히 모여진 발뒤꿈치와 종아리의 떨림을 의식했고 발가락이 시렸다. 다시 창으로 고개를 돌려 꾸물꾸물 낮게 드리운 하늘을 잠시 내다보던 여자는 눈을 감고 온 신경을 눈썹 위로 모았다. 목청껏 지르는 소리 한 방에 맥없이 쏟아져 내릴 듯 위태롭게 매달려 있는 눈꽃 아래로 눈과 흙이 뒤섞여 질척한 교정 위에 학생들의 발자국이 어지럽다.

　갓 개강한 캠퍼스는 움츠러든 학생들의 등판을 칼바람으로 후려치며 시린 겨울의 끝자락을 아직 붙잡고 있다. 휴게실로 들어오며 추위에 한껏 좁아진 어깨를 부르르 떠는 몸짓으로 머리와 외투의 냉기를 털어내는 학생들과 2층 식당에서 점심을 먹고 내려오는 무리로 매점은 그 어느 때보다도 붐볐다. 나란히 놓인 두 대의 자판기 앞은 따뜻한 음료수를 마시려는 학생들이 줄지어 서 있고, 이미 커피를 뽑아 든 학생들은 난로 곁에 자리가 있는지 슬쩍 돌아보다 그나마 빈 의자가 남아 있는 곳에 자리를 잡았다. 매점은 겨울방학의 안부와 수강 신청 얘기들로 기다란 연통 안의 연기처럼 두서없이 뒤섞였다.

　느닷없이.
　남자가 탁자 너머로 멱살을 잡아채며 거칠게 그녀를 일으켜 세웠다. 철제 의자 다리가 닳을 대로 닳아 매끄러워진 바닥에 밀려 날카롭게 칼빛 금속성을 내질렀다. 동시에 그녀 무릎에 다소곳이 올려져 있던 가방과 빨간색 목도리가 바닥으로 내팽개쳐졌다. 출렁거린 탁자 위의 커피 컵이 쓰러졌고 쏟아진 커피는 탁자를 적시며 바닥으로 흘러내렸다.
　"야, 너 지금 장난해?"
　매점 안의 수많은 눈길이 일시에 그녀와 남자에게 쏠렸다. 눈 깜

짝할 새 여자의 눈앞에는 돋보기를 들이대기라도 한 듯 갑자기 거대한 콧구멍 두 개가 다가와 있었고 그 동굴에서 뿜어내는 분노의 열기가 여자를 휘감았다. 턱 밑은 불에 덴 듯 뜨겁게 조여 왔고 불시에 일격을 당한 여자는 우물쭈물 말을 잇지 못했다.

"...아, 아니... 아니... 그게 아니라..."

여자의 반응에 격분했는지 마치 여자를 후려칠 것 같은 기세로 노려보는 남자의 얼굴이 금세라도 터질 듯 울룩불룩 벌겋게 달아올랐다. 게다가 검은색 파카 속 성능 좋은 오리털은 남자를 한층 더 우람하고 험상궂게 보이도록 만들었다. 바닥에 붙은 듯 그대로 얼어버린 발과는 달리 위태롭게 남자 쪽으로 기울어진 상체 덕분에 대롱대롱 매달린 형상이 된 여자의 두 손이 허공에서 가냘프게 푸드덕댔다.

'아니 정말 이게 아닌데...' 여자의 목에 길게 걸린 벙어리장갑이 괘종시계의 추처럼 리드미컬하게 좌우로 흔들렸다. 가쁜 호흡이 빨간색 장갑의 목줄처럼 가늘고 애처롭게 할딱거렸다. 잠시의 침묵도 견디지 못하고 남자는 다시 목청을 높였다.

"너 그걸 말이라고 해?"

"......?"

꽉 잡힌 멱살 때문이 아니더라도 아무 말도 제대로 하지 못한 여자는 오히려 기가 찼다.

‘에잇, 뭐라도 말을 해야 하는데..빨리 뭐라도 생각나라...제발...’

며칠 전부터 생각해 왔던 변명거리는 그야말로 거짓말처럼 백지장이 되어버렸다. 더구나 우악스러운 주먹 사이로 하필 떡볶이 코트 단추의 뾰족한 부분이 삐져나와 목을 찌르고 있었다. 그녀는 이제 숨이 넘어갈 듯 정신이 아뜩해졌고 금방이라도 설사가 쏟아질 것처럼 아예 울상이 되었다. 그때, 정적을 깨며 옆 테이블에서 구원자가 나타났다.

“이보세요. 무슨 일인지 모르지만 이건 상아탑에서 공부하는 지성인이 할 짓이 아니네요.” 그는 남자의 손을 잡아끌어 내리며 말을 보탰다.

“여자분이 말 못 할 사정이 있는 모양인데 사람들 많은 데서 이러지 말고 둘이 다른 데로 가서 조용히 해결하세요. 그렇다고 또 멱살 잡고 그런 폭력은 쓰지 말구요.”

남자의 손아귀에서 벗어난 여자는 아킬레스건이 이완되자 맥이 풀려 버렸다. ‘이번이 마지막 기회였는데... 이 멍청이 땜에 기회를 잃을 순 없어...’

잔뜩 재미난 구경을 기대했던 학생들이 하나, 둘 더듬이를 접으려는 찰나, 여자가 남의 일에 참견하는 적어도 그녀가 보기에는 참을성 없는 정의의 사도를 향해 한마디 날렸다.

“저, 여보세요! 왜 남 일에 감 놔라 배 놔라 예요? 내가 말 할 차례였는데!”

바닥에 나뒹그라진 여자의 가방과 목도리를 주워 수습하느라 허리를 굽혔던 구원자는 갑자기 훅 들어온 어퍼컷이라도 맞은 듯 '억!'하는 눈 코 입으로 여자를 올려보았다. 분절된 영상처럼 슬로 비디오 박자로 허리를 편 구원자는 가방과 목도리 든 손을 어쩌지 못한 채 어정쩡하게 서 있을 수밖에 없었다. 여자는 곧바로 남자를 향해 손을 모으고 애원하는 표정이 되었다.

"한 번만 더 기회를 주세요, 선배님. 제가 말을 하려고 했어요. 이 멍청이만 아니었으면 준비해온 대사를 꼭 할려고 했는데... 백 번도 더 연습했는데...요."

이 모든 사단의 제공자였던 멱살 남자는 난감한 기색이 역력했고 어퍼컷 구원자의 영문 모르겠는 얼굴 위엔 왠지 억울함의 그림자가 드리워졌다.

그때 입구 쪽에 서 있던 목청 좋은 한 학생이 정중하게 끼어들었다. 당황한 기색으로 조심스럽게.

"소란 피워 죄송합니다. 이 해프닝은 연극부 오디션 중 한 과정입니다. 담력과 순발력을 테스트하는 거죠. 의도치 않게 정의로운 학형이 계셔서 제대로 마치지 못했지만요."

창밖에 어쩌면 이 겨울 마지막일 것 같은 눈이 깃털처럼 날리기 시작했다. 무겁게 떠 있던 무채색 구름의 표면이 한기에 더 견디지 못하고 바스스 균열을 일으킨 것일까? 자리를 털며 흩어지려던 학생들의 주의가 눈처럼 고요하게 다시 한곳으로 모였다. 여전히 똑똑 소리와 함께 떨어져 내리고 있는 커피 방울을 보며 깊이 생각에 잠겨있던 그녀가 결심한 듯 마침내 고개를 들었다. 연기파 선배님도 어퍼컷 구원자도 모두 진심으로 궁금해졌다. 그녀가 준비해 온 대사의 내용과 살 떨리게 진지할 것 같은 그녀의 연기가.

2장
자주 꾸는 꿈과 그리는 미래

안전지대

가람

　돌이켜보면 그때 내가 느꼈던 안도감이 내가 안전함을 판단하는 기준점이 되었던 것 같다. 나는 내가 위험하다고 느끼거나 상황이 두렵고 버거울 때마다 내가 안전하다고 느꼈던 상황으로 돌아가는 꿈을 꾸었다. 주말 저녁에 혼자 기숙사에서 문제집을 풀다가 버스를 타고 집에 내려가 엄마가 해준 따끈한 된장찌개에 갓 지은 밥을 말아 먹는 상상을 했다. 자기소개서에는 멋진 대학에 가고 싶다고 썼지만, 내가 정말로 가고 싶었던 곳은 가족들이 둘러앉은 식탁이었던 것 같다.

　아마 그 당시 나에게 물어보면 그렇지 않다고 말했을 것이다. 하지만 분명 그때 내가 가장 행복하게 웃던 순간은 소파에서 강아지의 부드럽고 하얀 털을 쓰다듬던 때, 아니면 차를 타고 벚나무가 줄지어 선 호수 옆 도로를 지나면서 가족들과 말도 안 되는 농담에 깔깔 웃던 시간이었다.

　불안이 너무 어렵고 불편했기 때문에 나는 오랫동안 내가 온전히 안전하다고 느낄 수 있는 안전지대를 만들고 싶다는 꿈을 꾸었다. 친구들에게 물어보니 사람마다 생각하는 안전지대의 형태가 달랐다. 어떤 친구는 자신의 허락 없이는 어떤 것도 마음대로 들어올 수 없는 곳이어서 집을 안전한 곳이라고 여긴다고 했다. 또 다른 친구는 누군가 자신에게 일을 시키지 않는 주말이 자신의 안전지대라고 말했다. 평소에 다른 사람들이 자신을 어떻게 보는지 신경이 쓰여서 자신을 잘 아는 친구들과 같이 있을 때 안전하다고 느끼는 친구도 있었다. 나의 안전지대는 몸과 마음을 아무렇게나 두어도 괜찮은 곳이다. 그곳에는 내 몸을 받쳐주는 푹신한 소파가 있고, 열린 창문 사이로 햇살과 바람이 불어오며, 내가 좋아하는 이야기가 가득한 소설책이 있다. 글자를 읽기도 벅찬 날을 위해 그림이 가득한 만화책도 잔뜩 있다. 내가 말하지 못하는 내 마음을 알아주고, 나를 꼭 안고, 내게 정말로 괜찮다고 말해주는 사람과 물건이 있는 공간이다.

그런데 올해 어떤 일을 겪고 나서 내 꿈이 약간 바뀌었다. 예전에는 안전지대를 만들고 그 안에 머무르고 싶었는데, 이제 나는 나의 안전지대를 넓히고 싶다. 이제는 내가 그어놓은 경계선을 한 발짝 넘어가서 경계 너머 미지의 세계를 파악하고 내가 안전하다고 느끼는 공간을 조금씩 넓혀가고 싶다. 그 계기가 된 것은 어느 피아니스트의 공연이었다.

그 공연은 학교 대강당에서 열린 무료 공연이었다. 세계적으로 유명한 콩쿠르에서 여러 번 수상한 떠오르는 신예 피아니스트의 공연이었는데, 대전 시민 누구나 무료로 볼 수 있어서 엄마를 모시고 함께 연주를 감상하러 갔다. 곱슬머리를 턱선까지 기른 앳된 피아니스트는 빗방울을 엮어 줄을 만드는 것처럼 아주 섬세하게 선율을 연주했다. 안개에 그림을 그리는 듯 여린 연주가 이어졌다.

긴장을 풀고 생각이 선율을 따라 이리저리 떠다니게 두었더니 어느새 공연이 끝날 시간이 되었다. 관객들은 끊임없이 박수로 앙코르를 재촉했고 피아니스트는 그 요청에 성실하게 응답하며 여러 곡을 더 연주했다. 문득 누군가 내 어깨를 두드렸다. 뒤를 돌아보니 엄마가 검지를 입에 대고 쉿 하고 말하더니 내게 뒤로 따라오라 손짓했다. 앵콜곡이 연주되는 동안 자리에서 잠깐 일어나서 화장실에 다녀오시는 길에 무언가를 보신 모양이었다. 여기 뒤로 잠깐 와봐. 예상치 못한 엄마의 말에 당황했지만 일단 일어나서 엄마를 따라 가장 뒤쪽 열로 향했다.

허리를 굽히고 통로를 지나고 공연을 녹화 중인 것으로 보이는 카메라들도 지나쳤다. 강당 반대편에 도착해 엄마가 가리키는 곳을 보았더니 완전히 새로운 각도로 피아니스트를 볼 수 있었다. 내가 있던 곳에서 본 피아니스트는 여려 보였는데 여기에서 보니 손이 아주 컸다. 선율이 섬세해서 몰랐는데 사실 피아니스트는 긴 손가락을 현란하게 움직이며 아주 힘차게 손을 움직이고 있었다. 눈이 확 뜨이면서 공연이 더 생생하게 느껴졌다. 좌석이라는 안전지대를 넘어가도 더 이상 두렵지 않았다. 오히려 다른 각도에서 본 공연은 어떨지 기대가 되었다.

예전에는 막연히 안전지대를 만들고 싶다는 정도만 생각했지만, 그날의 공연 이후로 내가 안전지대를 가지고 무엇을 하고 싶은지 생각하게 되었다. 그동안 평온함을 유지하고 싶다는 마음에 가려져서 몰랐지만, 생각보다도 나는 더 새롭게 무언가를 발견하는 것도 좋아했다. 잘 모른다고 막연히 뭉뚱그려 생각했던 것들에 가까이 다가가 그들을 관찰하고, 분류하고, 이름을 붙이고, 기록하다 보면 생기가 돈다. 두려울 때는 내게 지치면 돌아갈 힘이 남았다는 걸 떠올린다. 그러다 보면 나는 단순히 존재하는 것을 넘어 살아가는 느낌이 든다. 이제 나는 좀 더 편안하게 선을 넘나들면서 내가 아는 영역을 넓히는 행복을 찾고 싶다. 나의 새로운 행복을 찾기 위해 벌이는 일이 언젠가 나와 비슷한 성향의 사람들에게 용기를 주고 그들이 자신에게 생기를 주는 일을 찾게 해준다면, 그렇게 함께 안전지대를 만들어 나갈 수 있다면? 상상만 해도 정말 감사하고 기대가 되는 미래이다.

내가 꿈꿨던 삶의 모습이 아닐지라도

유나

누군가 내게 가장 중요하게 여기는 가치가 무엇이냐고 물으면, '자유'라고 답할 것이다. 어떤 규율이나 조직에 얽매이지 않고 자유롭게 사는 걸 꿈꾼다. 앞으로 해보고 싶은 일도, 배우고 싶은 것도 많다. 이전부터 목공을 배우고 싶다고 줄곧 생각했는데, 목수일을 배워 언젠가 한적한 곳에 나만의 별장을 짓고 싶은 꿈이 있다. 삶이 유난히 고되게 느껴지는 날에는 오래전부터 바랐던, 하던 일을 그만두고 해외 배낭여행을 즐기는 내 모습을 상상한다.

물 맑은 바다에서 스노쿨링을 즐기거나, 산티아고 순례길을 걷거나, 고대 이집트 유적을 보러 가거나, 유럽의 멋진 노천카페에서 커피를 마시며 사람 구경하거나, 뜨거운 사막을 횡단하거나, 아르헨티나에서 탱고를 배우거나 하며 최소 1년은 세계를 누비며 다양한 사람과 상황을 겪으며 진짜 나를 마주하는 시간을 갖고 싶다. 그 시간 동안에는 읽지 못한 책도 실컷 읽고, 내면을 솔직하게 담은 글도 마구 써내고 싶다.

물론 어떻게 하고픈 일을 다 하고 살 수 있냐며, 자신의 욕구를 마주하고 따르는 삶을 철없이 여기는 누군가도 분명 존재하겠지만 살면서 한 번쯤은 모든 걸 멈추고 안식년을 정해 마음 가는 대로(물론 법의 한도 내에서) 살아보는 시간을 갖는 게 내 인생에서는 무척 중요한 일임을 느낀다. 동시에, 지금의 삶을 과감히 내려놓고 위에 나열한 내 소망을 따라 사는 걸 생각하면 덜컥 겁이 난다. 지금 누리던 것들을 포기하고 하고 싶은 대로 살기로 할 때 나중에 후회할까 봐, 내게 아무것도 남지 않을까 봐 두렵다. 그래서 오래전부터 생각만 품고 이제껏 실천하지 못했다. 해가 갈수록 무엇을 과감히 바꾸거나 튀는 행동을 하기보다는, 남들과 비슷한 모습으로 안정을 추구하며 사는 게 낫지 않나 싶기도 하다.

이미 내 또래의 대부분이 결혼해서 가정을 이루었는데도, 아직도 '결혼'이라는 단어는 내게 낯설게 느껴진다. 얼마간 연애했지만 결국 함께 갈 수 없음을 깨닫고 헤어지는 일을 몇 번이나 겪었다. 확고한 비혼은 아니고, 나와 결을 같이 하고 인생을 함께하고 싶을 만큼 좋은 사람을 만난다면 가정을 꾸리고 싶은 마음도 있다. 그렇지만 이제껏 자유를 추구하고 나의 욕구를 탐구하면서 홀로 살아왔는데 결혼한 내 모습, 아이 엄마가 된 내 모습은 솔직히 상상이 안 된다. 이런 내가 아직 철이 덜 들었구나 싶을 때도 있다. 개인적으로 나는 '결혼'과 '자유'가 서로 반대편에 있다고 느낀다. 내가 추구하는 가치와 결혼이 멀리 떨어져 있기에 더 낯설게 느껴지는 것 같다.

혼자 하고 싶은 일을 하며 자유롭게 사는 삶과, 가정을 꾸려 정착하며 사는 삶.

이 각각의 삶에는 뚜렷한 장단점이 있고, 어떤 인생을 선택하든 그에 따르는 무게를 감당해야 한다. 어느 삶이나 드라마나 영화에서 보는 것처럼 그리 낭만적이지는 않다. 또래 친구들 상당수는 결혼해서 아이를 키우거나, 결혼을 전제로 만나고 있는 애인이 있다. 내가 결혼해서 단란하게 사는 친구들을 부러워하는 것처럼, 결혼한 친구들은 하고픈 일을 별 제약 없이 하는 내 삶을 부러워한다. 그럼 어떤 인생을 살고 싶냐고 내게 묻는다면, 사실 어떻게 대답해야 할지 모르겠다. 혼자 자유롭게 자아를 실현하며 살고 싶기도 하고, 내 또래들처럼 가정을 꾸려 정착하고 싶기도 하다. 왠지 인생의 갈림길에 선 듯하다.

앞으로 내 인생이 어디로 어떻게 흘러갈지 나는 모르겠다. 10년 전의 내가 지금 내가 사는 모습을 결코 상상하지 못했던 것처럼, 10년 후의 내 모습도 분명 지금 생각하는 모습과는 다를 것이다. 10년 전에는, 내가 30대가 되면 집과 차를 소유하고 항상 단정한 정장 차림으로 능력 있고 당찬 커리어우먼이 되어 있겠다고 상상했다. 지금 30대의 나는 집도 차도 없다. 주로 티셔츠와 청바지 차림으로 출근하고, 처음 해보는 일에는 심하게 당황해하며, 직장에서는 똑 부러지게 행동하기보단 눈치 보며 살 때가 더 많다.

분명 어릴 때 상상했던 모습과는 거리가 멀지만, 이전보다 한층 내면이 성장한 나를 스스로 기특해하며 살고 있다. 나름 오랜 정신적 방황과 고민의 시간을 거치며 타인의 기준보다 나의 내면에 귀 기울이는 법을 배웠고, 남들과 내 인생의 속도가 다름을 인정하게 됐다.

앞으로 인생이 어디로 흘러갈지 전혀 알 수 없다. 하지만 결국에는 진정으로 내가 원하는 방향을 향해 나아가지 않을까 싶다. 지금은 그 방향을 한창 탐구하는 시기라고 생각한다. 어떤 삶을 선택하든 만만치는 않겠지만, 그 속에 분명 행복한 순간들도 있을 것이다. 그 행복한 순간순간을 그냥 흘려보내지 않고 마음껏 느끼며 살고 싶다. 아직 다가오지 않은 미래를 두려워하고 걱정하며 살기보다는, 지금 하루하루에 충실하고 내가 무엇을 좋아하는지, 어떻게 해야 행복한지 고민하면서 살고 싶다. 이렇게 살다 보면 어떤 미래를 마주하건 나름 행복하게 재미있게 잘 살지 않을까?

때맞춰 피는 꽃

서영

그 사람은 매일 들판을 거닌다.

손에는 푸석푸석해진 동백꽃과 은방울꽃을 들고. 발걸음은 터덜터덜, 눈에는 파도가 일렁인다. 새빨간 노을이 지고, 남자는 고개를 들어 노을을 눈에 담는다.

검은 동공이 불탄다.

뺨을 타고 흐르는 사랑은 말라비틀어진다.

꽃은 땅에 떨어지고, 그도 함께 떨어진다.

내가 꾸는 꿈에는 항상 이 남자가 등장한다. 어딘가 쓸쓸하고, 또 어딘가 찬란한 모습으로. 그 남자의 얼굴도 제대로 보이지 않고, 키와 체격마저도 흐릿하게 보인다. 곧장 스러질 것 같은 모습에 손을 뻗어보면, 내 손은 그에게 닿지 않고 허공에서 흩어진다. 괜찮냐 물으며 사연을 들어주고 싶어도, 내 목소리는 그저 그의 곁을 스치는 바람이 된다.

14살 무렵부터 몇 년째 1월 중순이 되면 이 꿈을 꾼다. 왜 이런 꿈을 꾸는지는 알 수 없다. 이유도 모른 채 꾸는 꿈의 결말은 항상 같았지만, 그래도 알아낸 것이 있다면, 꿈의 전개를 내가 바꿀 수 있다는 점이다. 처음에는 그저 남자를 따라가기만 했다. 아무리 불러도, 아무리 손을 뻗어도 닿지 않았으니까.

“저기요!”

답답한 마음에 손에 힘을 꽉 주고 소리쳤다. 그러자, 마치 내 부름에 응답한 것처럼 남자가 휙, 하고 돌아봤다. 하지만 그마저도 날 바라보는지는 알 수 없다. 남자의 뒤로 펼쳐진 들판의 끝은 절벽이었다. 그 절벽은 넓디넓은 바다의 입구였다. 내가 서 있는 방향을 바라본 채 그 남자는 끝없이 읊조렸다.

“도대체 어딨는 거야, ...아. ... 줘.”
“네? 누구요?”
희미하게 들려오는 누군가의 이름. 하지만 이름은 내가 들어서는 안 된다는 듯이 허공에서 민들레 홀씨처럼 날아가 버렸다. 이내 남자는 손에 들린 꽃다발을 소중히 끌어안고 주저앉았고, 피같이 빨간 동백꽃 잎에는 물기가 서리기 시작했다.

나는 옆에 쪼그리고 앉아 꽃을 구경했다. 동백꽃과 은방울꽃. 동백꽃은 겨울과 봄에 피고, 은방울꽃은 초여름에 핀다. 두 꽃은 원래라면, 지금 꽃다발 안에서 서로를 껴안고 있을 수 없다. 온통 새

하얀 들판에서 동백꽃만이 생기를 띄고 있었다. 정성스레 말린 은방울꽃은 건드리기만 해도 톡, 눈물을 떨굴 것 같았다. 그 옆엔 고고하게 얼굴을 치켜올린 동백꽃이 자태를 뽐내고 있었다. 어떤 꽃은 슬픔을 몰랐다.

"저기요!"

절벽으로 뛰어가는 남자를 향한 내 마지막 외침이었다. 그게 처음 맞이한 결말이었다.

1년, 2년, 3년 … 그렇게 6년이 지났다. 아무것도 하지 못한 채로 그는 자꾸만 눈 앞에서 내게 좌절과 시린 아픔을 맛보게 했다. 그렇게 아무런 소득 없이, 그 남자가 누구인지, 왜 자꾸 내 꿈에 나타나는지, 내가 어떻게 해야 하는지 여전히 아는 게 없는 채로 시간만 지나갔다. 해가 지날수록 1월만 되면 나는 자꾸만 다급해졌다. 이 정도면 꿈을 꾸지 않고 싶을 만도 한데, 나는 꿈을 꿔서 그 사람을 살리고 싶었다. 그래도 6년이라는 시간 동안 그나마 발견한 게 있다면, 꽃다발은 항상 같다는 것과 그 남자의 말소리가 내게 조금씩 선명해진다는 것이었다.

동백꽃과 은방울꽃, 당당함과 슬픔, 눈물 젖은 목소리와 그리움의 향기. 21살이 되어 꾼 꿈속 그 남자는 여전히 힘겹게 발걸음을 옮기며 누군가를 애타게 찾고 있었다. 몇 번의 반복된 기억으로 내 손길이 그에게 닿을 수 없다는 걸 알고 있었던 나는, 그제야 내가 닿을 수 있는 것을 찾기 시작했다. 주변에 널려있는 돌들이 그제야 존재의 기운을 뿜는다. 돌은 만질 수 있을까? 단단하고 차가운 돌이 손에 닿았다. 돌은 만질 수 있나 보다. 돌로 무얼 할 수 있을까. 내가 있다는 걸 돌로 어떻게 알릴 수 있을까.

남자는 또다시 절벽을 향해 걸어간다. 이번에는 손을 뻗으며, 무언가를 어루만지려는 듯이 절벽으로 간다. 허상이라는 미끼에 걸려 절망이 던진 낚싯줄에 그대로 붙잡혀 가는 듯 보였다. 꿈이라 그런지 나는 날 수 있었다. 조금만 발에 힘을 주고 땅을 박차면, 그대로 난다. 나는 재빨리 남자가 떨어졌던 위치로 가서 서둘러 돌을 모은다.

'제발, 제발, 내가 먼저 쌓아야 해.'

모르는 사람을 살리려는, 내 앞에서 벌어지는 죽음을 목격하지 않으려는 나의 간절함은 돌들을 내 발밑으로 끌어당겼다. 나는 빠르게 돌을 쌓아 남자의 키만큼 벽을 만들었다.

"... 벽이 있었나."

고개를 든 남자는 뒤돌아 다시 들판으로 간다. 안도의 한숨을 내쉬며 나는 다시 그의 옆에 선다. 몇 년째 돌아오지 않는 답을 이젠 바라지도 않으며 혼자 말을 걸어본다.

"자꾸 누구를 찾는 거예요?"

"그 여자한테 주려는 거예요?"

"죽지 말아요, 내 앞에서."

이상하게도 올해 꿈에서는 내가 말을 걸 때마다 남자는 자꾸 내 쪽을 쳐다본다. 여전히 그 남자의 얼굴도, 몸도 모두 안개처럼 자욱하다. 가까이 딱 붙어 걸어도 그는 신기루처럼 몽롱했다. 시선이 마주치는 듯했으나, 착각일 것이다.

"치, 나랑 대화할 것도 아니면서 왜 자꾸 쳐다본담."

나는 괜히 입술을 삐죽 내밀며 투정을 부린다.

"거기 있어?"

모든 게 희미했던 그에게서 처음 들려온 뚜렷한 말이었다. 그는 믿을 수 없다는 표정으로 내 쪽을 보며 말을 건넨다. 나는 뒤돌아 내 뒤에 누군가 있는지 확인하지만, 아무도 없다. 무언가 이상하다.

"... 내 말 들려요?"

여전히 아무것도 알 수 없고, 모든 게 까마득한 그에게서 유일하게 빛났던 꽃다발이 내 앞으로 다가온다. 여전히 흐리멍덩하지만, 그 순간 그와 내 시선이 마주친 것만큼은 확신할 수 있었다.

"드디어 찾았네."

그는 내가 이해할 수 없는 말만 늘어놓기 시작했다. 그 말들은 아주 짙고 생생하게 들려왔다. "우리의 끝은 함께하는 행복일 거야. 나는 모든 순간의 너를, 어떤 모습의 너라도 아주 깊이 사랑하고 있어. 때가 되면 보자.”

　어느샌가, 멍하니 서 있는 내 손에는 고상하고 빨간, 사랑의 동백꽃이 들려있었다. 그 옆에는 슬픔을 딛고 피어난 은방울꽃이 환히 웃고 있었다. 붉은 노을이 지고, 그 남자의 눈에는 빨간 꽃이 담긴다.

　새까맣게 공허했던 남자의 눈에 사랑이 일렁인다.
　뺨을 타고 흐르는 사랑은 환희로 빛난다.
　꽃은 제자리를 찾아갔고, 그도 함께 자리로 돌아갔다.
　때맞춰 피는 꽃은 여전히 때를 기다린다.

　꿈을 꾸고 나면 마치 한껏 사랑받은 듯 마음이 설레고 어딘가 아련했다. 하지만 20살 무렵이었는지, 21살 무렵이었는지 확실히 기억하지 못하나 어느 순간부터 그 꿈을 꾸지 않았다. 남자는 계속해서 내 꿈에 등장하긴 했지만. 그 남자인지 다른 남자인지 알아볼 방법은 꽤 간단했다. 마치 내 꿈의 서술자라도 된 마냥, 저 멀리 어딘가에서 지켜보고 있는 흐릿한 이미지. 그게 바로 그 남자라는 신호니까. 그 남자를 알아보는 건 쉬웠지만, 그 꿈을 몇 년이나 꾼 이유를 나는 도저히 알 수가 없었다. 남자의 얼굴이 뚜렷이 드러나는 것도 아니었고, 내가 그 절벽의 풍경을 좋아하는 것도 아니었는데 말이다. 그러나 내가 하루의 분주함을, 하늘에 피어나는 노을을 좋아하고, 꽃을 좋아한다는 것, 그리고 내가 운명을 믿는다는 것. 이 모든 걸 그 꿈과 함께 떠올려보면 마음이 수플레 팬케이크처럼 몽글해진다. 그 남자가 왠지 내 미래의 연인이라고 꿈이 말해주는 것 같아서. 그가 내 꿈 어딘가에 스며들어있는 걸 발견할 때마다 갑작스레 배달된 러브레터처럼 마음이 설렌다.

　내가 바라왔던 사랑은 어쩌면 구원일지도 모르겠다. 그래서 내가 그를 구하는 꿈을 꾼 걸까, 생각하기도 했다. 꿈속에서 그는 위태로웠고, 꿈을 꾸던 나는 항상 권태로웠다. 그 꿈을 꾸던 매해 겨울은 내 곁에 누가 있든 없든 나는 삶에 지루함을 느꼈고 그 꿈은 날 구했다. 꿈을 꾼 다음 날은 이유 모를 설렘과 의문으로 하루를 알차게 살았으니 말이다. 알 수 없는 그는 여전히 종종 내 꿈에 등장해 모든 모습의 나를 바라본다.

가난한 자의 글쓰기

승연

아주 오래전 고등학교 다닐 무렵 수신인란에 이름 대신 '우리들의 시인'이라고 쓰인 편지를 받던 때가 있었다. 글 동아리 친구들 객기였다. 주소 덕이기도 했지만 하루가 멀다고 편지를 배달해 주시던 우체부 아저씨가 용케도 우리 집 우편함에 잘 꽂아 넣어 주셨다. 철마다 엄마가 아저씨께 장갑이며 양말을 선물하던 시절 얘기다. 그때는 김수영 시인의 퀭한 눈빛에 온통 마음을 빼앗겨 시인이 되고 싶었다. 유순하고 무딘 나의 언어가 예리한 그의 시어에 깎여 날카롭게 벼려지길 바라면서.

대학교 첫 문학의 밤, 선배와 동기들 작품이 실린 문집을 손에 받아 들고는 '밤'이 시작되기 전 서둘러 행사장을 빠져나왔다. 나는 누구이고 어디에 서 있는가? 어느 날 하늘로부터 툭 떨어진 자유, 방임의 시간에 방향 모르고 허둥대던 나와 달리 조탁의 수도를 닦던 그들, 그 음성이 멀리까지 쫓아와 밟혔고 마음은 서늘했다.

갈피를 잡을 수 없이 열등감에 사로잡혔던 그 밤 이후 우연히 만난 연극 서클에 남은 학년을 모두 바쳤다. 도피처로는 더없이 근사하고 매혹적인 곳이었다. 학생회관 꼭대기 층 맨 구석에 자리 잡은, 자인한 패배자를 꼭 닮은 으슥한 분위기의 동아리방. 그리고 교문 앞 좁은 골목길 지하 카페에 자리한 손바닥만 한 크기의 소극장. 깜깜한 무대 위에 핀 조명이 내리 꽂히면 뒷덜미에 쭈뼛 소름이 돋았다. 그즈음 내 관심은 명동 뒷길 '살롱 떼아뜨르 추'와 '신의 아그네스'였다. 그런 광대로 살아도 괜찮겠다 싶었다.

정거장 몇 개쯤은 쉽게 걸어 다니던 그때. 대학로에서 광화문까지 걸으며 마침내 흡입하게 되는 충만한 책들 냄새는 인공호흡과도 같았다. 그 시절의 교보문고란 동네서점에서는 꿈도 꿀 수 없을 정도로 은혜로운 장소였다. 누구든 맘대로 추수할 수 있게 가을걷이를 기다리는 드넓은 논 위의 잘 익은 벼 같았다고 할까? 공짜로 만져보고 펼쳐 읽고 베껴 써가도 뭐라는 사람이 없었다. 나도 그 풍요로운 곡식 덕에 든든히 배를 불리며 성장했다. 궁한 용돈에 책 살 돈을 아껴 카페 커피를 마시는 호사를 누릴 수 있었다.

학교 도서관을 채운 위엄있는 장서들, 시내 중심가에 지하광장처럼 들어선 거대문고, 그 안의 많은 책은 경이로움과 부러움의 대상이었다. 매일 쏟아져 나오는 신간의 홍수에 떠밀려가면서 보잘 것없게 느껴지는 나를 절감할 수밖에 없었다. 그럴수록 글이나 문장의 세계로부터 나를 떼어냈다. 대신 회피 수단으로 혹은 진심 어린 호기심으로 무대 위, 몸의 언어에 다가가 기대려 했다. 하지만 그런 때조차도 밤의 하이드는 내 밑바닥 욕망의 외침을 일깨워 활자의 숲에 나를 밀어 넣어 가두어 버렸다.

기억해 보자면 그 시절 내 방 천장에는 늘 새롭고 싱싱하고 적확한 단어들이 떠다녔었다. 어떻게 그럴 수 있었을까? 눈을 감고 누워 있으면 커다란 창을 통해 들어오는 별빛들이 감은 눈 위로 성수 같은 축복의 낱말 세례를 퍼부어 주었다. 밤마다 그것들을 거미줄처럼 엮고 낡은 책 냄새로 휘감아 치기 어린 나만의 글 세계를 쌓곤 하였다. 당시 내게 글쓰기는 일상이고 즐거움이자 고통이었다. 작가는 멀어 보였지만 작자쯤엔 다가가고 있다고도 생각하던 때였다. 때문에 여러 이유로 그 집을 떠나 이사를 나오던 날, 마치 예감처럼 큰 수조 속에서 혼자 길어 올려진 숨 가쁜 물고기가 된 듯, 다시 돌아갈 수 없는 방에 대한 미련과 그리움으로 오래 우울했다.

졸업 후 신문사에서 활자 밥을 먹게 되고, 위대한 나의 꿈들은 그저 한낱 신기루였을 뿐이라고 스스로를 위로하며 구멍가게 같은 서점 하나 갖기가 소망이 되었다.

내 일은 연예기사 한 면의 1단 짜리 기사에다 최대 8자 이하의 제목을 달아주는 것이었다. 쳇바퀴처럼 제자리를 돌던 나는 점점 호흡이 짧아져 갔고 숨이 턱에 찼을 때 바람같이 나타난 남자를 만나 안쪽사람이 되었다. 그 이후로 오래 내 이름 석 자는 부모에게조차 불리지 않았다. 누구 엄마, 아내, 며느리, 딸, 그리고 심지어 그냥 아줌마라는 인칭대명사의 굴레 안에서만 떠돌던 나는 자꾸 말과 글을 잃어갔다. 그나마 등짐처럼 매달려 나를 데워 위로하던 단어집도 바람에 날려, 기억의 갈피에서 한 장씩, 한 챕터씩 뜯겨져 나갔다. 삶이 역해서 토하듯 내뱉고 싶을 때마다 종이는 나의 거룩한 배설통이 되었다.

　글쓰기가 두려움으로 다가온 것은 나의 단어집이 오래 써 닳아 없어진 샌드페이퍼의 속살처럼 차츰 맨바닥을 드러내고 있음을 느끼면서부터였다. 까끌까끌하게 살아 요동치던 낱말들, 수식어, 관형적 표현들조차 모래알 흩어지듯 자취를 감춘 것이다. 언제고 펜을 쥐기만 하면 문장들은 저대로 뻗어나가 줄 것이라고 그렇게 믿고 있었나 보다. 허황되게도.

　어느 날부터인가 책상 앞에 앉으면 주어, 술어 외에 형용사, 부사는 떠오르지 않고 명사에게마저 까막눈이 되어 몇 문장을 이어나가기 어렵게 되었다. 잃어가고 있는 것이 어디 낱말들뿐이랴... 나름 잘록하던 허리, 향기 배인 머리숱, 결혼반지가 빙빙 돌만큼 가느다란 가래떡같이 찰지고 고르던 손가락까지. 시간이 더 지나면 벤자민 버튼의 시간처럼 옹알이만 남게 될까... 보잘 것 없이 남은 글 통장의 잔고로 문집 한 권 엮어낼 수 없을 거 같아 남몰래 조바심 났던 시간들...

오래 유예된 나의 꿈이 아이 셋 낳은 선녀의 날개옷처럼 내 삶 속 어딘가에 꾸깃꾸깃 처박혀 있다가 그 끝자락부터 서서히 자취를 드러내려 한다. 그곳은 내게 '책 읽어주는 남자'가 되어 욕망의 불씨를 되살려 주었으며, 되지도 않는 나의 이야기를 변주해 들려주어도 부끄럽지 않은 동료애란 것이 존재한다는 사실을 알려 주었다. 나는 본격적으로 다시 글을 써보고 싶은 생각이 들었다.

이즈음 늦었으되 향방 없이 걸어온 이전의 나를 벗고 새로운 나를 찾아가기 위한 지도 앞에 서곤 한다. 글쓰기는 곧 나를 찾아 떠나는 진솔한 여행이다. 잘린 두부의 단면처럼 가차 없이, 내 안의 가난을 깨우치는 글쓰기의 단두대 앞에서. 두렵지만, 나는 단지 단어집을 잃어가고 있는 것에 불과하다고, 그래서 글쓰기를 마주하는 것이 두렵지만 그럼에도 불구하고 결국에는 되찾고 싶다고 다짐한다.

나는 소망한다. 내 글이 다른 이에게 작게나마 공감을 얻기를, 단지 몇몇 사람들에게라도 위안이 되기를 작게 소망해 본다. 평범하다 못해 구태의연하기까지 하지만, 그 꿈에는 자본금이나 사무실이 필요하지 않다. 그저 식탁 등 아래 낡은 노트와 연필, 딸이 쓰다 버려둔 노트북만 있으면 구체화시킬 수 있다.

나도 누군가에게, 한겨울 칼바람 앞에 가을 코트로 버텨내고 있을 외롭고 가슴 시린 누군가에게 캐시미어 담요 같은 위로의 손길이 되어 주고 싶다.

책 냄새를 좋아하는 내게 아들이 교보문고 디퓨저를 선물해 주었다. 갓 지은 밥 냄새만큼이나 유혹적인 책 향기. 그 바다에서 물질하는 해녀가 되어 전복 같은 책, 소라, 고둥 같은 책들을 건져 올려 그 싱싱함을 만끽하면서 살아가고 싶다.

책을 읽으며 글밥을 지어먹으며 살고 싶다. 어디든 그 공간이 바로 나만의 떼아뜨르 추 극장이 될 것이며 그 무대 위에 오래 전 우리들의 시인이 깨어나 새 생명을 얻을지도 모르는 일이므로.

3장
행복했던 장소의 기억

강릉 여행

가람

여권의 유효기간이 지나서 지난달에 새로운 여권을 발급받았다. 낡은 여권을 바꾸는 김에 페이지를 쭉 펼쳐보았더니 온갖 나라의 스탬프들이 찍혀있었다. 스탬프에는 그동안 다녀온 해외 여행지의 출입국 기록이 담겨있었다. 모든 여행의 추억이 그렇게 눈에 보이는 스탬프로 남는다면 참 좋겠지만, 아쉽게도 국경을 넘지 않는 국내 여행은 그렇지 않다. 대신 마음의 국경을 넘는 여행은 마음에 만료 기한이 없는 스탬프 자국을 남긴다. 이번 8월에 다녀온 강릉 여행이 바로 그런 여행이었다.

미국에 유학을 간 친구가 휴가차 돌아온 틈을 타서 오랜만에 십년지기 친구들끼리 다녀온 여행이었다. 오래된 친구들이라서 그런지 우리는 누가 이야기를 꺼내지도 않았는데 벌써 생각이 비슷했다. 관광지를 돌아다닐 시간에 차라리 편안한 숙소에서 맛있는 음식과 맥주를 먹고 마시며 밀린 이야기나 나누자고 암묵적인 합의를 마쳤다. 마침 해수욕장이 도보 10분 거리에 있는 숙소를 잡은 터라 바다에서 놀기에도 아주 좋았다.

아침에 모두 모이자마자 우리는 숙소 근처의 빵집으로 가 커피와 샌드위치를 샀다. 각자 어떻게 지냈는지, 요즘은 무슨 드라마나 영화를 깊게 파고 있는지, 시시콜콜한 잡담을 나누다 보니 이야기가 조금 진지하게 흘러갔다. 우리가 보고 들은 세상의 부조리함이나 막막한 현실을 말하다가도 그런 세상이지만 여전히, 그리고 꾸준하게 하고 싶은 일을 이야기했다.

다른 친구들은 어떻게 생각할지 모르겠지만 나는 우리가 세상에서 벌어지는 이해 못 할 일들에 대한 설명을 찾고 싶다는 마음, 답답해도 답을 찾고 싶은 열망을 공유하고 있다고 생각한다. 그래서인지 아무것도 모르겠고 혼란스러울 때 이 친구들이 생각난다. 이들은 내가 삶에서 길을 잃었다고 느낄 때 옆에서 같이 답을 고민한 친구들이었다. 이들이라면 내가 보지 못하는 내 꼴을 있는 그대로 비춰주고 아낌없이 조언해 줄 것이라는 신뢰가 있다.

샌드위치를 한 입 크게 베어먹고 나서 친구들에게 내 고민을 털어놓았다. 요즘 내가 무엇에 대한 답을 찾아 공부를 이어가는 건지 잘 모르겠다는 고민이었다. 친구들은 이런저런 질문을 먼저 던졌다. 네가 더 알고 싶었던 문제가 뭐야? 언제부터 궁금한 마음이 사라진 거야? 한 친구가 자신이 좋아하는 작가가 한 이야기를 들려주었다.

"있잖아, 보통은 작가가 처음에 작가가 될 때는 자기가 항상 하고 싶었던 어떤 이야기를 쓴대. 그런데 책을 세 권쯤 쓰면 이야기가 바닥나서 자기가 지금 무슨 이야기를 하고 싶은지 새로 찾아내야 한대. 원래 하고 싶던 이야기가 끝난 이후에도 하고 싶은 이야기를 계속 찾아서 쓸 수 있는 사람이면 계속 작가로 살 수 있고."

공교롭게도 올해가 석사 기간에 참여한 모든 프로젝트를 논문화하는 작업을 마친 해라는 게 기억났다. 지금까지 내가 쓴 논문이 딱 세 편 조금 넘었다. 내가 마주한 혼란이 앞으로 하고 싶은 이야기를 찾아내는 과정이라는 생각이 들자 한결 자연스럽게 느껴져서 마음이 편해졌다.

그렇다면 나는 앞으로 무엇을 이야기하고 싶은 것일까, 알쏭달쏭한 마음을 한 구석에 품은 채로 친구들과 바다로 향했다. 햇살이 뜨거워서 그런지 모래는 딱 알맞게 따뜻해져 있었다. 바닷물에 발을 살짝 담가보니 의외로 아주 시원했다. 물 안으로 저벅저벅 걸어 들어가 파도에 몸을 담갔다. 바람이 꽤 많이 부는 날이라 높은 파도가 자주 쳤다. 파도가 가까이에 올 때마다 우리는 위로 훌쩍 뛰었다. 파도가 높이 이는 타이밍에 맞춰 뛰면 물살이 우리의 몸을 받쳐주어서 하늘로 날아오르는 듯 높이 뛸 수 있었다.

몇 번은 잘못된 타이밍에 맞춰 뛰는 바람에 짠물을 한가득 마셨지만, 그래도 파도는 언제나 쉴 틈을 주지 않고 몰아쳤다. 잘못 뛰어도 또 다른 파도가, 다음엔 또 다른 파도가 우리에게 왔다. 아주 뜨거운 여름 햇살과 아주 차가운 바닷물이 피부에 부딪혀 부서지는 질감이 어쩐지 생경했다. 이렇게나 머리가 아닌 몸을 움직여서 놀아본 건 꽤 오래 전 일 같았다.

　파도를 타며 한참을 놀다 보니 어느새 우리가 짐을 풀어놓은 곳에서 제법 멀리 와 있었다. 모래사장으로 돌아가려고 했는데 파도가 거세 물을 헤쳐나오기 쉽지 않았다. 네발로 기면서 어기적어기적 모래사장으로 향하는데, 그런 서로의 모습이 웃겼는지 친구 하나가 깔깔 웃기 시작했다. 나는 좀비 영화의 좀비처럼 우어어- 소리를 내며 팔을 뻗었다. 그러다가 둘이 같이 웃기 시작했다.

　처음엔 피식 따라 웃었는데 어느새 나도 큰 소리를 내면서 웃고 있었다. 먼저 모래사장에 도착한 친구가 빠르게 휴대전화를 가져와 우리의 모습을 영상으로 찍기 시작했다. 그 모든 게 웃겨서 우리는 폐에 바람이 가득 들어갈 정도로 크게 웃었다. 햇살은 여전히 뜨거웠고, 모래는 적당히 따뜻했고, 우리는 물범처럼 몸에 모래를 잔뜩 묻힌 채 웃고 있었다.

　어쩐지 이 풍경을 잊으면 안 된다는 직감이 느껴졌다. 어쩐지 내가 항상 남들의 기대치에 못 미친다는 생각이 드는 날, 어른으로서 기대되는 임무를 하루하루 쳐낸다는 표현이 더 걸맞은 날에 이 기억이 내게 목적지를 일깨워 줄 것 같았다. 내가 해내야 할 일에 너무 깊이 매몰되기 전에 내가 가고 싶은 곳으로 가는 길을 알려주는 징표와 같은 기억은 이렇게 감정과 감각이 풍부하게 담긴 기억들이었다. 얼굴 근육을 한껏 찡그리며 웃고 있는 익숙한 얼굴들, 피부에 느껴지는 뜨거움, 서걱거리는 모래의 촉감, 올라간 입꼬리 끝에 느껴지는 짠맛. 분명 이 감각과 감정이 미래의 내게 구명보트가 되어줄 것 같았다. 부디 기억이 시간에 휩쓸려서 사라지지 않기를 바라며 몇 번이고 이 감각을 간절히 되뇌었다.

그날 밤 우리는 맥주를 마시면서 조금 울었다. 뭐가 뭔지 모르게 돌아가는 일들을 일단 버텨내고 참아내야 했던 시간을 이야기했다. 그 시간을 이야기하는 친구에게서 문득 나와 비슷한 상처를 발견하고 눈물이 흘렀다. 왜 나는 예전에 네가 건넨 충고를 듣고 서운해하는 게 먼저였을까? 그 말을 건넨 너 또한 용기를 낸 것이란 걸, 관계가 서먹해져서 네가 받을 상처보다 나를 먼저 생각해서 해준 말이라는 걸 왜 먼저 알아채지 못했을까? 친구에게 너무나 미안해졌다. 나는 솔직한 마음을 이야기해서 관계를 망칠 수 있다는 두려움에 압도되어서 친구의 솔직한 마음을 듣지 못했던 게 아닐까? 그 두려움을 이야기했더니 친구들이 말했다.

"야, 우리를 좀 이용해도 돼. 우리가 그래도 몇 년을 본 사이인데." "맞아, 네가 엄청난 범죄를 저지른 게 아닌 이상 너를 이해하려고 노력할 거야." 말 너머에 이런 마음이 느껴졌다. 고민이 되는 마음이라도 우리는 서로 털어놓아도 돼. 우리는 서로 정말 많은 걸 참고 넘어왔잖아. 앞으로도 우리는 그런 사이로 남자.

두려움의 국경선을 넘어가니 서로의 마음이 눈으로 보이고 귀로 들렸다. 그 순간을 잊고 싶지 않아서 어떻게든 글로 남기는 지금 내 행동을 보니, 그 마음은 내가 정말 오랫동안 보고 싶었던 마음이었던 것 같다.

세상에는 매일 새로운 일들이 파도처럼 생겨난다. 내 키에 적당한 높이와 세기의 파도와 그렇지 않은 파도가 구분 없이 몰아치는 이 세상은 정말이지 알 수도 없고, 예측도 안 되고, 이해도 안 된다. 그럼에도 내 옆에는 매일 그 파도에 맞추어 열심히 뛰어오르는 사람들이 있다. 때로는 웃고 있고 때로는 지쳐 보이는 그 얼굴들을 본다. 우리는 평생을 바쳐도 이 바다를 다 알지 못할 것이다. 그런데도 우리는 이 파도를 같이 타면서 자신이 알아낸 방법을 서로 이야기한다. 이 바다의 정체를 혼자가 아닌 같이 맞춰보게 하는 동력은 대체 무엇일까? 앞으로도 우리는 자신의 마음을 서투르게 쏟아내고, 후회하고, 기대하고, 실망하겠지만, 그래도 끊임없이 서로에게 하고 싶은 이야기를 찾아낼 것 같다. 이 여행의 기억을 인용하면서.

부산 바다

유나

바다는 수많은 사람의 수많은 추억을 저 깊은 물 속에 품고 있다. 그런 바다를 보고 싶으면 나는 최소 2시간은 차를 타고 다른 도시로 나가야 한다. 나는 공원과 산이 가깝지만, 바다를 보기엔 너무 먼 곳에 사는 사람이니까. 마음이 차분해지고 싶을 땐 숲을 찾지만, 뭔가 마음이 꽉 막혀 답답할 땐 바다가 절로 떠오른다. 그래서 바다를 보러 갈 때는 보통 1박 2일 여행 일정을 잡고 가니 갈 때마다 마음이 설렌다.

국내외 여행을 가서 많은 바다를 봤지만, 제일 자주 가는 곳은 부산이다. 교통편이 편리해서 차가 없이도 충분히 바다를 보러 갈 수 있으니까. 그렇게 찾아간 부산의 바다는 지친 내 마음을 수도 없이 위로해 주었다. 주로 혼자 여행길에 올랐지만, 누군가와 함께 가기도 했다. 처음 부산 바다를 본 건 대학교 1학년 때였다.

친구와 부산 국제영화제를 보러 갔다가 해운대 해수욕장까지 갔는데 넓고 푸른 바다가 한눈에 들어왔다. 그전에도 가족 여행 때 바닷가로 몇 번 놀러가긴 했지만 '바다'의 냄새와 풍경이 마음에 들어온 건 그때가 처음이었다. 부산을 떠나서도 한동안 바다 생각이 났다. 그 이후로 매년 한두 번씩 부산을 찾게 되었고, 갈 때마다 부산의 바다는 내게 매번 다른 모습을 보여주었다.

부산의 바다에 얽힌 추억은 참 많다. 송정 바다에서는 난생처음으로 서핑과 패들보드를 배웠다. 밤 기차를 타고 도착해 아침 해가 뜨는 광안리 바다를 보며 먹었던 컵라면과 삼각김밥은 정말 꿀맛이었다. 특히 부산에는 엄마와의 추억이 곳곳에 서려 있다. 엄마와 단둘이 부산 여행을 몇 번 다녀왔는데, 그때마다 항상 바다에 갔다.

밤낮으로 함께 바닷가를 산책하며 파도 소리를 듣고, 해변 열차를 타고 예쁘게 반짝이는 바다의 윤슬을 함께 감상했다. 그중에서도 광안대교 야경이 잘 보이는 가게에서 함께 맥주를 마시며 엄마와 허심탄회하게 대화를 나누던 때가 참 좋았다. 평소에 엄마와 단둘이 술 한잔 나눌 기회가 없어서 더 특별한 추억이었다. 이렇게 부산 바다에서는 평소에 하기 힘든 경험을 할 수 있어 마치 다른 삶을 사는 기분이었다.

아무것도 안 하고 바다를 바라보기만 하는 것도 너무 좋다. 몸이 근질거리면 숙소에 짐을 풀고 나와 바닷가를 천천히 거닌다. 중간중간 걸음을 멈추고 파도치는 풍경도 구경하며 한 바퀴 도는 것이다. 밤에 보는 바다는 낮과는 또 다른 매력이 있다. 끝이 보이지 않는 컴컴한 지평선을 보고 있으면 왠지 무섭기도 하고 쓸쓸하기도 하고, 마치 다른 행성에 있는 듯한 느낌을 받는다. 모래사장에 누워

·서 한숨 자는 것도, 가만히 앉아서 오랫동안 바다를 바라보는 것도
마음을 위로해 준다. 바다가 보이는 카페에서 좋아하는 책을 읽거
나, 일기를 쓰며 속에 있는 이야기를 털어놓고 나면 신기하게도 다
시 시작할 수 있는 용기가 생긴다.

　사실 올해 들어 부산을 혼자 두 번이나 방문했다. 3월 초에 갔을
땐 아직 날씨가 추워서 패딩과 목도리를 벗지 못했지만, 햇빛이 찬
란하게 비치는 광안리 바다는 너무 아름다웠고, 가보고 싶던 가게에
서 와인을 마시며 좋아하는 책을 읽은 것도 참 좋았다.

　7월 이후 회사 내에서 부서가 바뀌고 일이 바빠져 여름휴가를 내
기 어렵게 됐는데, 3월에 갔던 부산 여행이 너무 좋았기에 주말 이
틀만이라도 바다를 보고 싶어 8월 초에 다시 부산에 갔는데 이런..
이번 여름은 정말 유난히도 더웠고, 부산 역시 마찬가지였다.
너무 더웠던 날씨 탓에 내가 원했던 여행은 하지 못했다. 일부러 부
산 시내에서 좀 떨어진 유명한 돼지국밥집까지 찾아갔더니 하필 휴
가로 문이 닫혀 있었고, 바닷가를 산책하고 싶어도 너무 덥고 숨이
막혀 시원한 카페에 들어가 한참 있다 나왔다.

　혼자 이곳저곳 잘 다니지만, 이때의 여행은 날씨 탓인지 뭔지 몰
라도 유난히 외로움을 많이 느꼈다. 집으로 돌아오면서 한동안은
부산에 들를 일이 없겠다고 생각했는데, 이 글을 쓰고 있으니 또 가

을의 부산 바다가 보고 싶어졌다. 정말 부산은 사람의 마음을 끄는 매력 있는 곳이다.

다음 여행 때는 마음 맞는 사람과 같이 갈 수 있으면 좋겠지만, 혼자 가더라도 뭐 괜찮다. 가서 혼자만의 시간을 실컷 즐기면 되고, 또 부산에서 생각지 못한 좋은 인연을 만나게 될지 모를 일 아닌가. 배낭은 최대한 가볍게 챙기고, 좋아하는 책 한 권과 일기장도 넣어서 떠날 것이다. 부산 바다는 항상 늘 같은 곳에 있지만, 이전에 찍었던 사진과는 또 다른 풍경을 내게 보여주겠지.

부산의 바다는 오랫동안 내게 좋은 피난처이자 쉼터가 되어 주었고, 앞으로도 그럴 것이다. 반짝거리는 바다를 떠올리며 오늘도 회사 업무로 인해 지친 마음을 가다듬는다. 떠나야 할 기회가 온다면 가을 바다를 만나러 이번에도 부산으로 가야겠다.

향수와 향수(鄕愁)

서영

"넌 무슨 향수가 이렇게 많아?"

"흥."

"향도 다 비슷한 것 같은데."

아닌데, 바보야. 나는 속으로 읊조리며 캐리어에 이것저것 담았다. 짐을 싸는 걸 도와주겠다고 옆에서 거드는 친구는 내 향수를 요모조모, 들었다 났다 하며 구경했다. 그러다 본인 취향에 맞는 것들을 발견하면 칙칙- 뿌리다가 콜록콜록 기침도 했다.

"어우, 야, 코를 막 찌른다, 이거!"

"네가 코안에 들이밀다시피 뿌렸으니까 그렇지. 하하하"

그리곤 그 친구는 항상 '너랑은 잘 어울리는 향인 것 같긴 하다.'는 말도 꼭 덧붙였다.

내 여행은 향수다. 여행지가 국내든, 해외든 꼭 하나씩 사 온다. 여행 첫날 향수를 사고, 여행하는 내내 그 향수만 뿌린다. 그럼 자연스레 여행이 끝나도 그 향수 냄새만 맡으면 여행지의 추억이 머릿속 스케치북에 그림 그리듯 스르르 펼쳐진다. 영국 여행을 갔을 때는 엄마 몰래 훔친 샤넬 향수를, 오스트리아 여행을 갔을 때는 학원 선생님께 선물 받았던 조말론 향수를, 홀로 부산 여행을 갔을 때는 향수 공방에서 직접 만든 향수를 들고 갔었다. 향수(鄕愁), 고향을 그리워하는 마음을 뜻하는 단어. 내게 향수는 그리운 여행지를 뜻하는 단어이기도 하다. 고향이 아닌 타향이지만, 마음의 안식을 누렸던 공간이라면 그곳도 고향이라 할 수 있지 않을까. 여행할 때마다 향수를 사고, 그 향을 내게 입히는, 이런 루틴을 가지게 된 계기는 13살 무렵, 엄마를 따라갔던 튀르키예 여행 때문이었다. 패키지 여행으로 가게 된 곳이었기에 여행사에서 붙여주는 한국인 가이드와 현지 가이드가 있었다. 같이 여행하는 사람 중 나와 내 동생이 제일 어렸다.

다들 엄마뻘 되시는 분들이 친구 혹은 다 큰 자녀와 함께 온 여행인 것 같았다. 어린아이들은 나와 내 동생, 그리고 나와 동갑내기인 사촌뿐이라 그런지, 한국인 가이드는 우리를 본인의 조카 보듯 귀하게 여기며 잘 챙겨줬다.

"음식은 먹을 만해?"

"네, 감자가 맛있어요."

"이따 관광지 가면 아이스크림도 팔아. 젤라또에 가깝지만."

"그거 이따 먹어봐도 돼요?"

"그럼, 삼촌이 사줄게."

우리는 그 분을 삼촌이라 칭하며 졸졸 쫓아다녔다. 아이스크림도 사주고, 길거리에서 파는 젤리도 사주고, 호텔에 들어오면 우리에게 한국 과자와 컵라면을 주셨다. 삼촌과 우리의 뒤를 든든히 지켜준 사람은 현지 가이드였다. 길거리에서 음식을 파는 상인이 비싸게 값을 받으려고 하면 갑자기 불쑥 나타나 값을 조정해줬다. 내가 먹던 컵라면을 뺏어 먹고는 맵다고 헥헥 대며 물을 벌컥벌컥 마시다가, 대뜸 서툰 한국어로 '맛있어?'라고 물어오던 사람이었다.

"나 아이스크림 먹고 싶은데 자꾸 장난만 쳐. 엄마."
"조금만 기다리면 주지 않을까?"
자꾸만 줬다가 뺏어가는 아이스크림 주인 때문에 한껏 약이 오른 나는 현지 가이드에게 다가가 그의 소매를 잡아당겼다.
"응?"
할 수 있는 튀르키예 말이 없었던 나는 그저 아이스크림을 손으로 가리키며 그를 빤히 올려다보기만 했다. 그는 나를 보며 씩 웃다가 내 손을 잡고 아이스크림 주인에게 다가갔다. 그들은 튀르키예어로 짧은 대화를 나눴다. 그러자, 놀랍게도 내 손에 아이스크림이 쥐어졌다. 미션 성공.

"우와!"
나는 아이스크림을 열심히 쯉쯉 먹으며 연신 최고라고 손짓했다. 그때 처음으로 그의 얼굴을 자세히 보았다. 아이스크림을 준 천사! 그때 내 눈에도 그 사람은 젊었다.
깊게 팬 눈가에 연신 빛나던 푸른 눈동자. 적당한 길이감과 날카로웠던 턱선, 웃는 듯한 입꼬리와 큰 입. 하늘에 둥실둥실 떠다니는 열기구만큼 큰 키와 일부러 그을린 듯 까무잡잡한 피부, 그리고 검은 머리카락. 큰 손과 기다란 손가락, 진하게 풍겨오던 달달하면서도 은은한 바닐라 아이스크림 향과 그에게서 묻어나오는 장미향. 그 당시 나에게 그는 포근한 아이스크림 같았다.

그는 나를 내려다보며 아이스크림도 녹일 것 같은 따스한 미소를 짓고 있었다.

"맛있어?"

"응. 한 입 먹어볼래?"

나는 그가 한국어를 못한다는 걸 알았지만, 내가 튀르키예어를 못하는 것만큼은 아니라 믿었기에 아이스크림을 쥔 손을 위로 뻗으며 말했다. 그는 내 것을 한 입 앙, 하고 먹더니 맛있다며 연신 내 따봉 손짓을 따라 했다. 우리는 서로를 보며 헤실헤실 웃었다.

그 시간 이후, 내 짝꿍은 현지 가이드가 됐다. 나는 그의 곁에 찹쌀떡처럼 딱 달라붙어 요리조리 이동했다. 그는 나를 귀찮아하지 않았고(확신할 수는 없지만), 항상 나를 먼저 찾아 데리고 다녔다. 낮에 돌아다니다 맛있는 걸 보면 같이 사서 나눠 먹고, 밤에는 호텔에 들어가 그와 내 가족들과 함께 컵라면을 먹으며 튀르키예어를 하나씩 배웠다.

"güzel kokulu(향기롭다)"

내가 스스로 찾아 터득한 튀르키예어. 그는 깜짝 놀라며 나를 쳐다봤다. 나는 의기양양한 표정으로 손을 허리춤에 올리고, 그를 당당하게 올려다봤다. 우리는 주로 영어로 대화했지만, 나는 그에게 꼭 그의 모국어로 말해주고 싶었다.

"Am I right?"

"Yes, you're right. Excellent, Bella."

그는 내 영어 이름을 부르며, 머리를 쓰다듬었다. 나는 그의 향이 좋았다. 중성적이면서도 포근하고, 은은하게 풍겨오는 향. 그의 체향과 섞여 그에게서만 맡을 수 있는 향이었다. 나는 그에게 꼭 묻고 싶었던 질문을 그제야 할 수 있었다.

"I love your scent. What is the name of it?"

"Musk. But you can't buy it."

"왜!"

나는 당황한 나머지 모국어가 툭 튀어나왔고 울먹이듯 소리쳤다. 알고 보니 그 향수는 그가 이 여행의 가이드로서 동행하기 전, 그가 만든 향수였다. 정말 세상에 단 하나밖에 없는 향수인 셈이다. 나는 그에게 왜 향수를 만들었냐 물었고, 그는 그것이 자신의 루틴이라 설명했다. 그때의 나는 별생각 없이 고개를 끄덕이며, 그렇구나, 하고 수긍했다.

어느새 여행의 마지막 날이 왔고, 우리는 다 함께 공항에 도착했다. 튀르키예에서의 다른 기억들은 모두 흐릿했지만, 그와의 마지막 기억은 여전히 빛바래지 않고 선명히, 또렷하게 남아있다.

그는 내 눈높이에 맞춰 허리를 숙인 후, 내 휴대폰에 자기 번호와 그의 카톡 프로필을 남겨줬다. 그리고선 내 손에 자그마한 병 하나를 쥐여줬다. 향수였다.

자신의 향과 최대한 비슷한 것이라며, 앞으로 이 향수를 뿌리면 튀르키예에서 했던 여행도, 자신도 떠오를 거라며 말을 덧붙였다.

이별이 너무나도 힘들었던 내게 그 선물은 여행의 기억이자 그의 분신이나 다름없었다. 그렇게 비행기에 오르고, 한국에 도착해서 나는 그를 한국 공기에 뿌렸다. 그러니, 그도 한국에 함께 온 셈이다.

그가 내게 해준 향수 이야기와 그의 루틴, 그리고 그가 선물한 향수는 내 뇌리에 박혀 나의 여행 루틴이 됐다. 여행지에서 향수를 사서 뿌리면, 그 여행지의 기억이 향수에 스며든다는 그의 철학은 내 기억에 스며들었다. 그에게선 머스크향이 났고, 내가 가장 좋아하는 향은 머스크 향이다. 화이트 머스크. 다시 볼 수 있을지 모르지만, 그는 내게 향수와 향수(鄕愁)를 선물했다.

북촌에서

승연

골목에는 어린 시절의 향수가 배어있다. 골목에서 나고 자라고 떠나갔던 우리는 이제 퇴색한 채 여전히 남아 기다림을 간직하고 있는 그 뒷길로 다시 돌아가고 싶다. 미처 다 자라지 못한 내 안의 어린아이를 만나 힘겨웠던 삶의 여정에 대해 사과하고 위로를 건네고 싶은 날, 나이 많은 어린이의 발길은 골목으로 향한다.

딱히 목적지를 그리로 정한 것은 아니었지만 그날 차가 멈추어 선 곳은 북촌한옥마을 입구에서 멀지 않은 도롯가였다. 북촌로를 따라 올라가다 보니 도로 양옆으로 차들이 주차 도로를 생성하며 입추의 여지 없이 빽빽이 줄지어 서 있었다. 딱 한자리 비어 있는 곳이 있어 운 좋게 차를 세웠다.

차에서 내리자 따가운 봄 햇살과 함께 여름을 당겨온 듯한 더운 공기가 훅 끼쳐 왔다. 계절의 여왕이 관장하는 5월의 청명한 날씨, 더욱이 정오가 막 지난 시간의 맑은 시야는 미세먼지란 살생의 입자들로부터 정신을 무장해제 시킨다. 처음 만난 가회동이 낯설어 잠시 주변을 한 바퀴 둘러보았다. 예전에 TV 드라마 속에서 기품 있는 부잣집의 대명사처럼 듣던 지명. 건너편에 가회동성당이 보였다. 낯선 거리에서 헤매다 나만 그쪽을 알고 있는 누군가를 만난 것처럼 괜스레 반가운 마음이 들었다. 공연히 횡단보도를 가로질러, 오전 미사를 마친 신도들의 귀가 인파 속에 섞여보다가 돌아서는데 맞은편으로 높고 좁다란 골목 계단이 눈에 들어왔다. 계단은 양쪽에 두 개의 건물로 된 문을 열어젖히고 방금 솟아오르기라도 한 것처럼 비밀스럽게 그곳에 있었다. '그래, 저거야!' 나는 서둘러 다시 도로를 건넜고 폭 2m 정도 될까 싶은 돌계단 앞에 섰다. 가슴이 뛰었다.

30여 개 남짓한 계단을 올려다보자 재빨리 40년도 더 묵은 희미한 기억 속의 골목길이 소환되었다. 아파트 현관에서, 집 앞 공원에서 늘 눈에 익던 깎아지른 듯 윤기 반지르르한 계단이 아니었다. 저절로 생겨났을 법한 시골의 거친 층층대 역시 아니었다. 적당히 낡아 옛 골목의 정취를 한껏 풍기고 있는 계단은 정겹고 투박한 모습이었다. 두근대는 가슴으로, 어린아이의 시간이 되어 조심스레 한 단씩 계단을 밟았다. 부드러웠다.

그리고 포근했다. 중간쯤에 오른편으로 길이 나 있었지만, 계단 꼭대기가 궁금해 발길을 멈출 수 없었다. 디딤판의 편평한 안정감과 달리 한 단 한 단 은근히 조소적인 조형미를 뽐내는 수직면에 시선을 뺏길 때쯤, 내 이마 위치에서 사람들의 분주한 발걸음들이 보이기 시작했다. 계단 끝에서 드러난 윗길은 다시 더 높은 윗동네로 이어져 있었다. 여러 갈래로 길이 퍼지기 시작하는 지점에 모여 서성대던 사람들. DSLR 카메라를 어깨에 두른 외국인 관광객들이 많았고 동남아 눈빛의 까만 머리 아가씨들은 깡총한 길이의 풍성한 한복에 이국 빛을 더한다. 싱그러운 젊음을 입고 나온 커플들은 연신 스마트폰에 연인을 담거나 녹아내리는 소프트 아이스크림을 혀로 핥으며 깔깔댔다.

계절과 풍경을 만끽하던 그들은 막간의 휴식 후 각자 자신이 원하는 방향대로 흩어졌다. 위로 아래로 좁은 골목 안으로 혹은 굽은 돌담을 끼고. 그들은 추억의 혹은 미지의 지도를 펼쳐 든 채 간간이 자기 모습을 사진에 담으며 설레는 마음을 감추지 않았다.

울퉁불퉁 제멋대로 엉겨 붙어 있는 돌 틈새에 시멘트나 회를 발라 기와의 화려한 물결을 묵묵히 떠받치고 있는 참하고 무던한 벽들이 이어져 있다. 눈을 감고 그 거친 살갗을 가만히 쓰다듬어 보았다. 볕을 받고 서 있던 벽은 온돌의 온기를 품은 듯 따뜻했고 낮게 쉬는 숨결이 보기와 달리 부드럽게 손바닥을 간질였다.

그 벽기둥에 한옥 대문의 육중한 세월의 무게를 단단히 붙들어 매주고 있는 정첩들을 본다. 어느 한 대문의 문양도 겹치지 않은 채 제각각 조화미를 이루고 있었다. 공장에서 대량 생산한 기성품이 아닌 장인의 피땀 어린 손재주와 눈썰미의 산물이었을 대문. 혹시 장인은 손가락 두엇쯤은 대문을 위해 바쳤을 수도 있었을 것이다. 대문의 사연 앞에 서서 그 나뭇결의 우직함과 소박한 장식들이 견디었을 풍파를 바라보고 있으려니 마치 노구를 보듯 마음이 애잔했다.

집 앞에 무심히 내다 놓인 낮은 절구 위에 싱그럽게 피어 있는 이름 모를 꽃들, 외벽에 덧대어 낸 얇은 화단에 피어 있는 풀꽃에서도 귀함이 느껴져 지나치질 못하고 한참을 들여다보았다. 너른 평지에 조경공사로 열병하듯 절도 있게 늘어선 수만 송이 꽃들이 주는 장관과 사뭇 다르다. 가까이 보듬어 주고 싶도록 여리고 겸손한 얼굴들. 그 문기둥 위쪽에 붙어 있는 문패와 까만 페인트가 얼룩덜룩 벗겨진 한자 이름까지도 골목에 어울리고 한옥에 꼭 맞는 단장이라 생각했다.

열린 대문 안을 조심스레 기웃거려 보았다. 내부의 목성 짙은 향취가 은은하다. 한옥은 고즈넉한 그늘에 잠겨있다. 안뜰은 볕의 조화로 양지와 음지로 나뉜 기하학무늬를 그려내고 있고, 굵은 모래 깔린 마당에 뜨문뜨문 박힌 돌 징검다리의 표면은 맨드롬했다. 아마도 무수히 그 위를 밟고 지나다녔을 발자국의 시간들을 고스란히 보여주었다.

수십 년 전 마루 끝에 서서 그 마당을 조신하게 내려 보던 어느 여염집 아낙이 있었을 테지. 버선코를 닮은 처마와 손때 묻은 기둥은 여전히 거기에 남아 있을 것이다. 그 시간의 지층에 켜켜이 녹아들었을 삶과 죽음의 수많은 갈피로 숙연해지는데 관광객들 웃음 사이로 아낙의 다듬이질 소리가 나지막이 들려오는 것 같았다.

오르고 걷고 돌아보고 기웃거리던 그 길의 골목골목들. 미로 찾기 그림처럼 좀체 끝나지 않는 골목이 있는가 하면, 이어진 듯하던 골목 끝엔 어느 집 대문이 비스듬히 가로막고 있기도 했다. 그것은 예측 불가한 삶과 닮은 모습이었다. 마침표 찍듯 막다른 문이 왠지 막힘이라고 느껴지지 않아 곧바로 되돌아 나오지 않고 잠시 머물러 그 문을 보는데, 미련의 향기가 문을 타고 넘자 아직도 초등학생인 친구가 흑백 TV 안에서 문을 열고 나와 문득 악수를 청해 온다. '너는 어떻게 살고 있어?' 말문이 막힌 채 두 눈이 흐려지는데 빛바랜 사진 속 한 장면인 듯 유년의 내가 거기 서 있다.

시간이 고인 자리에 가만히 발을 담근다. 나는 어떻게 살았을까? 2호선 순환 열차처럼 반복돼 온 실수들, 더러는 실패에 목 놓아 울었을지도. 가슴에 맺힌 이름, 눈에 밟힌 뒷모습에 대한 상실과 미안함이 떠돌아 제대로 땅에 마음을 딛지 못한 삶. 그래도 꿈을 저버리지 못해 주먹 쥔 손을 아직 펴지 못한다. 삶이 잠시 숨을 고를 때 우연히 북촌을 만났다.

도심 한복판에 위치해 옛 공기로 둘러싸인 성, 북촌. 감각적인 카페촌과 상점들이 즐비한 아스팔트 도로를 한 꺼풀만 걷고 들어가면 그 이면에 이제는 명물이 된 오래된 골목들이 나온다. 새 도로명 주소도 갈 곳을 잃을 것만 같은 미로처럼 좁은 길들. 거기엔 위성도시들을 장악한 콘크리트의 차가움과 획일성을 거부하는 나름의 삶의 방식이 도도히 존재하고 있다.

구식 한옥마을, 수십 년 해묵은 기와를 이고, 마당엔 여태 수돗가가 있으며 도어록 대신 반닫이 자물쇠로 대문 손잡이를 걸어 잠그는지도 모를 옛집들이 숨 쉬고 있는 곳. 북촌의 시간은 바쁠 일이 없다. 마당에서 한 번 돌다 흐르고 물결치는 기와 위에서 굽이치다 흐르고 돌계단 계단참에서 머무르다 흐른다.

그저 천천히 흐른다. 따뜻하고 아름다운 북촌. 꾸밈없는 무명천과 같이 수수하고 정감 어린 두 팔로, 북촌은 내 안의 어린아이를 진심으로 안아주었다.

4장
좋아하는 것

텃밭 가꾸기

가람

오늘 오랜만에 학교 뒤편의 텃밭에 다녀왔다. 식물 모임 친구들과 같이 분양받은 텃밭인데, 올해는 토마토, 바질, 오이, 수박, 파프리카, 고추, 참외, 봉선화와 해바라기 등을 키우고 있다. 텃밭으로 가는 길엔 나를 즐겁게 하는 것들이 참 많다. 가장 기억에 남는 건 텃밭에 가까워질수록 커지는 새소리다.

상추를 심을 만큼 날이 풀리는 4월이 되면 짝을 찾는 박새의 울음소리가 온 밭에 울려 퍼진다. 박새 울음소리는 가장 흔하지만, 음색이 유리구슬같이 맑아서 들을 때마다 기분이 좋아진다. 초여름부터는 새소리가 더 다채로워진다. 물까치, 검은등뻐꾸기, 후투티 소리까지. 가지각색으로 우는 새들은 조그만 일에 몰두하기에는 세상이 참 넓고 크다고 말해주는 것 같다.

텃밭 특유의 냄새도 빼놓을 수 없다. 텃밭에는 토마토 줄기의 비릿한 냄새, 바질의 청량하면서 알싸한 향기, 살짝 덜 마른 흙냄새까지 온갖 냄새가 가득하다. 하지만 그중에서 내가 가장 좋아하는 건 아카시아 향기다. 4월의 어느 초저녁, 텃밭에 갔더니 옆 동산에 아카시아꽃이 가득 펴서 평소라면 그림자 때문에 거뭇거뭇해야 할 산이 하얗게 변해있었다. 물을 주는데 바람결에 솜사탕처럼 아주 은은하면서도 달콤한 향기가 실려와 코끝에 맴돌았다. 바람에 꽃향기가 날려왔다는 사소한 돌발 상황이었을 뿐인데, 문득 가슴 한구석이 따뜻해졌다.

이렇게 적어두면 내가 자연에 대해 많이 아는 농사꾼으로 보일지도 모르겠다. 하지만 나는 아직 아는 것보다 모르는 게 훨씬 더 많다. 예를 들면 나는 토마토 잎이 안으로 말리는 게 무슨 뜻인지 모른다. 오이랑 수박도 올해 처음으로 지지대에 그물을 걸어 위로 올려주었는데, 다른 밭들에 비하면 어딘가 모양이 엉성하다.

아마 농사를 좀 아시는 분이 이 밭을 본다면 이건 농사가 아니라 소꿉장난이라고 하실 것이다. 그래도 재작년과 작년에 비해 지금처럼 텃밭 같은 모양새를 갖추게 된 건, 나와 친구들이 텃밭에서 씨름하고 있을 때마다 옆 밭에서 불쑥 나타나 우리를 도와주셨던 어르신들 덕분이다. 아주머니, 아저씨, 할머니, 할아버지들은 정말이지 농사에 대한 모든 걸 알고 계셨다.

새로 분양받은 밭의 흙이 질척했을 때, 친구들과 자포자기한 상태로 열심히 고랑을 파는데 옆 밭에서 한 아주머니가 우리 밭을 보시고는 이렇게 말했다. "학생들, 여기는 지대가 낮잖아. 다른 밭에서 준 물이 여기로 다 흘러들어오니까 물이 안 빠지는 거야." 어느새 아저씨 한 분도 옆에 오셔서 우리 밭을 보시더니 고개를 끄덕였다. 아주머니는 산 바로 아래에 있는 밭이 아니라면 장마철에 물

관리가 일이라고 한탄하시고는 말씀하셨다. "이렇게 물이 빠지는 길을 파고 흙이 다 말랐을 때 다시 와요." 그때 우리는 처음으로 땅은 무식하게 파는 게 아니라 먼저 지형을 보고 어디를 어떤 모양으로 팔지 결정하는 것이라는 걸 배웠다.

오이 잎이 까맣게 변했을 때 그것들을 다 잘라내고 토마토 줄기 정리까지 도와주신 할머니도 계셨다. "이렇게 잎 뒤가 까맣게 된 건 다 진딧물이야. 멀리 가서 버리고 발로 밟아버려요. 안 그러면 옆에도 다 번지니께." 할머니는 이렇게 말하면서 상한 오이 잎을 전부 잘라내고 엉켜있던 덩굴도 다 풀어서 아주 말끔히 정리해주셨다. 웃자란 토마토 줄기를 자르고 지지대에 끈으로 단단히 묶어주시기까지 했다. "이게 본줄기인데, 여기에서 이렇게 사이에 삐져나온 줄기는 미리미리 잘라줘야 토마토가 열리는겨." 할머니는 그렇게 말씀하시고는 몰라보게 깔끔해진 밭을 뒤로 하고 친구분과 유유히 사라지셨다.

선캡을 눌러쓰신 어떤 아저씨는 우리에게 비료의 존재를 알려주셨다. 나와 친구가 물을 얼마나 줘야 할지 이야기하고 있자니, 옆에서 듣고 있던 아저씨가 "그게 다예요?"라고 말하며 불쑥 나타났다. 그러고는 호미로 땅을 살짝 파고, 옆구리에 찬 작은 가방에서 뭔가를 꺼내 땅에 넣으시는 것이다. 자세히 보니 가방에는 알비료가 가득 들어있었다. "봄에 비료를 줬는데 거기에서 더 줘야 하는 거예요?" "아이고, 비료 안 쳐주면 열매가 안 열리지." 아저씨는 그렇게 말씀하시고는 밭에 있는 모든 작물에 비료를 일일이 넣고 가셨다. 그 때문일까, 지금도 텃밭엔 오이와 토마토가 계속 달리고 있다.

내가 텃밭을 가꾸는 취미를 이렇게 오랫동안 이어갈 수 있었던 이유의 팔 할은 텃밭에서 만난 사람들이 베풀었던 선의에서 왔다. 난 텃밭을 가꾸는 사람을 동경한 적이 없었다. 그런데 신기하게도 내가 가장 오랫동안 지속하는 취미 활동은 텃밭을 가꾸는 일이다.

내가 동경했던 사람들은 자기가 생각하고 느낀 것을 세련되게 표현하고 그것으로 인정받는 사람들이었다. 나는 피아노나 기타 같은 악기를 잘 다루는 내 친구들처럼 멋지게 공연을 펼치고 무대에서 환호를 받아보고 싶었다. 인스타그램의 작가들처럼 세련된 색감의 그림을 그리거나 일상 이야기를 재미있게 풀어내서 사람들의 공감을 받고 싶었다. 그래서 피아노 학원에서는 재즈 피아노를 배웠고 그림의 기본기를 알려주는 온라인 클래스도 들었다. 하지만 나는 중간에 항상 흥미를 잃고 실력이 어중간한 상태로 배움을 그만두었다. 돌이켜보면 그 지점은 내 실력이 느는 속도가 정체되는 시점이었다.

처음에 새로운 것을 배울 때는 실력이 쑥쑥 늘어 재미있었다. 하지만 어느 순간부터는 성장이 정체되고 기본기를 늘리기 위해서 고독히 연습을 반복해야 하는 시점이 왔다. 하지만 연습실에 박혀 코드 진행 순서를 친다던가, 수도 없이 인체 구도를 공부하면서 기본기를 쌓아야 한다고 생각하면 숨이 막혔다.

내가 원했던 것은 그저 내 감정을 다른 사람들과 공유하고 연결되는 것이었는데, 내 감정을 그림이든 음악이든 보고 들을 수 있는 형태로 빚어내다 보면 어느새 관객이 이걸 어떻게 평가할지 두려워졌다. 나는 모두가 좋아할 만큼의 실력을 갖춰야 한다는 압박감에 너무 쉽게 압도되었다. 그럴 때면 모순된 바람이 들었다. 약하고 위축된 내 모습을 누군가에게 보여주기엔 자존심이 상했지만, 동시에 누군가에게 내가 느끼는 슬픔을 공유하고 싶었다. 하지만 피아노도 캔버스도 모두 내가 조작하는 대로 바뀌는 물체일 뿐 내 감정을 듣고 알아주는 존재는 아니었다.

텃밭은 연습실과 다른 공간이었다. 물론 텃밭에서도 나는 항상 서툴다. 밭에서 열매나 허브를 따서 먹을 수 있게 될 때까지 키우다 보면 수많은 돌발 상황이 발생한다. 고랑에 깔아놓은 비닐이 벗겨지고, 하룻밤 사이에 잡초가 무성해져서 길을 막는다. 밤중에 지지대가 쓰러져서 열매가 주렁주렁 열려있던 줄기가 꺾여서 고랑에 나뒹굴 때도 있다. 한 번은 아침에 밭에 갔더니 애써 키운 참외 모종 줄기가 꺾여서 덜렁거리는 것을 본 적도 있었다. 참외를 살려보려고 유튜브 영상에 나온 대로 줄기를 종이테이프로 고정했지만, 잘 자라던 참외는 결국 제 무게를 못 이기고 다시 꺾여서 잎이 다 까맣게 죽었다. 그런 사고가 일어났을 때 적절한 대처 방법이 무엇인지 나는 아는 바가 없다. 나름대로 서툴게 수습해 볼 뿐이다. 그래서 내 밭은 대체로 어중간한 상태다.

하지만 텃밭에 가면 어중간하고 서툴어도 누군가와 계속 연결될 수 있었다. 기본적으로 텃밭은 고독한 공간이 아니다.

텃밭에는 내가 키우는 식물이 있고, 비닐을 비집고 항상 고개를 내미는 잡초도 있고, 벌레와 새도 있다. 물론 텃밭에서 내가 그 식물이나 동물과 이야기를 나누진 않는다. 하지만 텃밭을 가꿀 때 우리가 일종의 소통을 하고 있다고 느끼는 때가 있다. 식물을 자세히 보다가 이 아이에게는 이런 게 필요할 것 같아 뭔가를 하는 일은 마치 식물에게 말을 거는 것 같은 느낌이다.

식물의 변화를 목격하면 식물이 그걸 듣고 있다는 생각이 들었는데, 예를 들어 토마토 줄기가 좀 굵어지는 것 같아서 지지대 사이에 끈을 연결해 그 줄기를 올려주면, 며칠 후에 그 줄기에 꽃도 더 많이 피고 열매도 더 많이 달리는 식이다. 그러다가 내 예상과 다른 결과가 나올 때면 식물이 자기 이야기를 하는 것 같다. 앞에서 말했던 참외 잎이 다 죽은 것을 보고 뿌리를 뽑으려고 했는데, 자세히 보니 곁줄기 중 하나에 아주 작은 새순이 나 있었다. 반신반의하며 그 줄기만 남겨두었는데 한동안 잠잠하더니 곧 새로운 잎과 줄기가 여러 개 나기 시작했다. 어느새 그 참외 줄기엔 잎이 열댓 개 달리고 작은 덩굴손도 새로 나기 시작했다. 어떻게든 버텨 보았더니 이제 좀 살 것 같다고 목청껏 이야기하는 듯이 말이다.

밭에서 낑낑대고 있을 때 어르신들은 늘 "뭐 심었어요?"라는 말을 시작으로 내게 말을 걸고는 도움을 주었다. 사실 그분들이 내게 도움의 손길을 내민 이유는 아직 모른다. 그분들은 그냥 텃밭에서 그러하듯 주변을 자세히 보고 있다가 내 밭을 발견하고 돌봐주신 건지도 모른다. 그분들은 다정하면서도 적당히 무심했다.

내 밭을 보고 내가 무엇을 잘하고 못 하는지 말하지 않고 그냥 내가 다음부터 해야 할 일을 행동으로 보여주시고는 힘내라는 말을 남기시고 가셨다. 막연히 그분들이 내게 무엇을 돌려받을 기대를 하고 도움을 주신 건 아닌 것 같다는 느낌이 들었다. 나는 그분들을 만나기 위해 무언가 증명할 필요가 없었다. 그래서일까, 나는 이 밭에서 무슨 돌발 상황을 만나도 더 이상 두렵지 않았다. 그저 내 눈으로 가만히 문제를 살펴보고, 내가 생각한 일을 내가 편안한 속도로 하나씩 행하고, 조금 어설프게 수습이 되더라도 식물들의 생명력을 믿고 다음을 기약할 수 있었다.

그렇게 열심히 내 마음을 쏟고 나면 내 옷과 신발은 더러워져도 마음이 단정해졌다. 나는 타인의 선의에 기대어 나의 최선을 믿을 수 있었다.

텃밭을 가꾸는 일은 내가 되고 싶은 사람을 만나는 일이었다. 나는 내가 만난 어르신 같이 무심하게 다정한 사람이 되고 싶다.

어떻게 해야 맛있는 토마토가 제철에 열리게 할 수 있는지 아는 사람. 새소리나 꽃향기를 즐기기만 하는 게 아니라, 새가 날개를 쉬고 꽃이 뿌리를 내릴 수 있는 비옥한 밭을 가꾸는 사람. 내 주변을 자세히 보다가 누군가에게 필요한 도움을 주는 사람. 나는 그 도움의 손길이 무엇을 할 수 있는지 안다. 그 도움은 나와 비슷한 두려움을 느끼는 사람의 마음에 믿음을 심는다.

의도하지 않은 사고가 일어나도 괜찮고, 네가 원했던 대로 멋지게 해내지 못해도 괜찮다는 믿음, 서툰 모습이 오히려 널 위한 도움을 불러올지도 모른다는 믿음. 서투르게나마 세상에 나갈 용기는 바로 그 믿음에서 자라난다.

[취(미)발(레)러라고 합니다만]

유나

역시 사람 인생은 알 수 없다. 내가 설마 발레에 빠져버릴 줄이
야. 직접 내 몸으로 경험해 보기 전까지, 발레는 그저 '예쁜 옷을
입고 추는 예쁜 무용'으로 생각했다. 발레를 배우고 나서 '발레 무
용수와는 절대 싸우지 말라'는 글을 인터넷에서 읽었는데, 지금 나
는 그 말에 백번 천번 동의한다. 그들은 정말이지 마른 근육의 전
사들이다.

내성적인 성격 탓에 사람들의 주목을 받으면 금방 얼굴이 빨개
지는 편이지만, 마음 한편에는 무대에서 멋지게 노래나 춤을 선보
이는 상상을 곧잘 하곤 했다. 겉으로는 관심 없는 척했지만, 내심
춤을 잘 추는 사람들을 부러워했다. 에세이 중에 〈아무튼〉 시리즈
를 좋아하는데, 우연히 〈아무튼, 발레〉를 읽게 됐다. 책은 무척 재
미있었지만, 그때만 해도 발레를 배울 생각은 없었다. 그러나 몇
주 뒤, 나는 취미 발레 학원에 첫 등록을 하게 된다. 아마 책의 어
느 한 부분이 춤에 대한 나의 내밀한 욕구를 무의식중에 건드리지
않았나 싶다.

토슈즈처럼 생긴 연분홍색 발레 슈즈를 신고 첫 입문반 수업에
등록했다. 매트에서 하는 몸풀기 시간은 집에서도 스트레칭을 해

봐서 익숙했는데, 발레 바를 잡고 하는 '바 워크'는 난생처음이었다. 다른 사람의 동작을 훔쳐보며 엉거주춤 따라 하다 보니 벌써 한 시간이 지나 있었다. 안 쓰던 근육을 써서 그런지 첫 수업이 끝나고 계단을 내려가는데 두 다리가 후들거렸다.

첫 3개월만 버티면 그 후로는 재미있어진다며 선생님은 격려해 주셨지만, 3개월이 지나도 발레와 나 사이는 여전히 평행선이었다. 다리 두께와 다리 힘은 정비례하지 않는다는 것도 내 다리를 보며 느꼈다. 까치발로 1분간 서 있기만 해도 온몸에서 땀이 줄줄 흘러내렸다. 발끝을 구부리는 '포인' 동작 하면서 선생님도 놀랄 정도로 몇 번이나 발에 쥐가 났다. 생각보다 내 등과 어깨가 많이 굽었다는 것도 알게 됐다. 발레에는 발목과 무릎, 골반이 옆으로 돌아가는 '턴아웃' 동작이 중요한데, 선생님은 항상 골반이 몸에서 분리된 것처럼 움직이라는 무시무시한 말씀을 하셨다. 아니 몸은 하나로 이어져 있는데요..

첫 3개월 동안은 발레 수업이 끝나고 터덜터덜 걸어가며 '아무래도 발레는 나랑 안 맞아'라며 혼자 침울해했다. 그러나 그만두지 않고 지금까지 이어온 이유는, 잡생각 없이 온전히 발레에 집중할 수 있는 60분이 내게 소중한 시간이기 때문이다. 클래식 음악을 들으며 60분 동안 동작에 몰입하고 나면 퇴근 후 너덜너덜해졌던 마음이 되살아나서 개운한 몸과 마음으로 집에 갈 수 있었다. 그래서 약속도 뒤로 미루고 매주 수업에 참석해 뒤에서 엉거주춤 동작을 따라 하곤 했다.

7개월 차에 접어든 지난 6월, 선생님께서 처음에 비해 자세도 좋아지고 몸이 많이 유연해졌다고 처음으로 칭찬해 주셨다.

항상 지적받기만 했는데 갑자기 칭찬을 들으니 마음이 뛸 듯이 기뻤다. 성인이 되고 좀처럼 칭찬받을 기회가 없다 보니 항상 격려와 칭찬에 목말라 있었나 보다. 아무 생각 없이 계속하다 보니 어느새 실력이 조금씩 늘었구나 싶어 뿌듯했다. 세상에서 노력과 성과는 비례하지 않는다며 냉소적이었던 내가, 열심히 하면 분명 조금씩 나아질 수 있다는 걸 내 몸으로 직접 느꼈다.

땀을 뚝뚝 흘리며 발레를 배울 때마다, 내면에 들러붙어 있던 깊은 우울감도 함께 땀으로 흘러내려 내 몸을 빠져나갔다. 그렇게 서서히 마음에 안정이 찾아왔다.

나도 모르는 새에 발레와 나 사이는 급격히 가까워졌다. 어느새 유튜브에서 발레 동영상을 찾아보는 횟수가 늘어났고 발레 특강을 들으러 서울에 다녀오기도 했다. 주말에도 몸이 굳지 않도록 틈틈이 스트레칭하고, 정류장에서 버스를 기다리다가도 틈틈이 발레 동작을 연습한다. 클래식이 아닌 대중가요나 팝송을 들으면서도 그에 어울릴 수 있는 발레 동작을 떠올리곤 한다.

또한 발레를 배우면서, 내 외모를 있는 그대로 받아들이게 됐다. 평소 외모 콤플렉스가 있어서, 거울도 잘 안 보고 내 사진을 찍는 것도 꺼렸다. 그래서 발레를 시작하고 처음으로 내 모습을 온전히 거울로 보는 일이 참 쉽지 않았다. 분홍 타이즈를 신은 내 다리는 소시지 같아 보이고, 등과 어깨는 왜 이리 구부정한지. 한창 동작을 따라 하다 문득 거울을 보면, 탈춤을 추고 있는 어정쩡한 내 모습(나라고 차마 인정하긴 싫은)이 보였다. 좋든 싫든 자세를 잘 잡으려면 거울 속 내 모습을 계속 똑바로 봐야 했다. 발레를 하며 나의 깊은 콤플렉스를 자주 직시하다 보니, 오히려 점점 콤플렉스에서 벗어나는 듯 했다. 누군가에게 항상 인정받으려 하고 세상의 미의 기준에 맞추려 했던 내가, 있는 그대로의 나를 긍정적으로 바라보게 된 것이다.

이미 성인이 되어 몸이 굳은 나에게 발레는 참 어렵긴 하다. 마음만큼 몸이 따라주지 않는다. 매일의 몸 상태에 따라 발레가 잘되는 날도, 안되는 날도 있다. 평소보다 스트레칭도 잘되고 점프도 높이 뛸 때도 있지만, 몸 상태가 별로인 날에는 수업 중간에 발에 쥐가 나기도 한다. 죽어도 안 되던 동작이 계속하다 보니 어느 순간 저절로 되기도 하고, 평소에 곧잘 하던 동작이 피곤할 때는 잘 안되기도 한다. 이런 모습이 마치 사람의 인생과 비슷한 것 같다. 그래서 평소에도 크게 일희일비하지 않으려고 한다.

재수 없는 날만 계속되는 것 같아도 나도 모르는 새 행운이 찾아올 수도 있으니까.

발레 전공자들은 하나같이 체형이 마르고 길쭉길쭉하다. 그러나 취미 발레 학원에는 다양한 연령대와 체형의 사람들이 함께 수업을 듣고 그중엔 젊은 남자분도, 우리 엄마 연배의 여성분도 있다. 요가나 필라테스 등 여타 운동과 달리 발레는 발레에 관심 있고 좋아하는 사람들이 주로 모이는 것 같은데 나이나 체형에 상관없이 발레를 좋아하고 열심히 배우는 모습을 보면 나도 좋은 자극을 받는다.

　나의 작은 꿈이라면 내년에 반 승급하는 것, 다음에 해외여행을 갈 때마다 현지 발레 수업에 참여하는 것이다. 그리고 다치지 않고 오래오래 즐겁게 발레 하는 것이다. 마음은 벌써 아마추어 발레리나인데, 정작 거울 속 내 모습은 껑충껑충 망아지 같기만 하다. 그런데도 아직 배울 게 많다는 점, 조금씩이라도 성장할 수 있다는 점이 나를 설레게 한다. 아직 입문반에서 허우적대고 있지만, 머릿속에서는 영화 〈빌리 엘리어트〉의 마지막 장면처럼 저 높이 점프를 뛰는 내 모습을 꿈꾼다. 일주일에 최소 2시간 동안 근심 걱정을 잊고 온전히 몰입할 수 있는 취미를 갖게 되어 정말 감사하다. 기대하지 않았던 내 미래가, 발레 덕분에 기대되기 시작했다.

취향 풍선

서영

항상 자기 전, 눈을 감고 되고 싶은 나를 떠올린다. 눈에 보이지도 않는 신을 열심히 찾으며.

"신님, 제가 오늘은 유독 지쳤어요. 훌륭한 강사가 되고 싶기도 하고, 밑바닥부터 다시 시작하는 마음으로 번역가가 되고 싶기도 하고, 작가가 되고 싶기도 하고. 그냥 뭐가 되고 싶은지 모르겠어요."

요즘 내 기도문의 시작은 이렇다. 그러다 곰곰이 내가 좋아하는 게 무엇인가, 생각해본다. 나의 취향의 방 안에는 풍선이 가득하다. 취향 풍선은 좋고 싫음이 한때는 분명하고, 어느 때는 모호한 내게 맞춰 만들어졌다. 분명한 것들은 단단하고, 시절의 것들은 무르다. 눈치 없이 흘러가는 시간에 따라 호불호가 자연스레 흘러간다. 어느 때는 매운 게 좋았다가, 어느 때는 매운 게 격하게 싫기도 하다. 한때는 혼자 살고 싶다가도, 또 다른 때는 '역시 사람은 어울려 살아야지.' 하고 생각이 바뀌기도 한다.

　굳이 취향의 책, 취향의 방, 취향의 음식 이런 게 아니라 풍선 따위인 이유는 내가 풍선의 두둥실 떠 오르는 가벼움을 좋아하기 때문인데 삶에 주어지는 수많은 선택 중 그 어떤 것도 가볍게 선택한 적 없는 내게 풍선이 유일한 참을 수 있는 가벼움의 존재다. 그러니 내가 취향을 담는 건 풍선이어야만 한다.

　취향이 바뀔 때마다 풍선은 펑- 터졌다가 둥실 금방 새로 생긴다. 그중에서도 변치 않는 것들이 있는데, 그런 풍선 안에 담겨 이리저리 떠다니는 취향 중 가장 눈에 띄는 건 좋아하는 책들이다. 자기계발서보다 소설, 산문보다 소설. 스릴러 소설, 전쟁 소설, 무협 소설은 싫고, 판타지 소설, 로맨스 소설, 철학 소설, 역사 소설은 좋다. 너무 한 주제에 깊은 소설은 싫고, 여러 주제가 촘촘하게 몰려 있는 소설이 좋다. 최고로 꼽는 작가는 없지만, 눈에 띄는 책들은 작가를 가리지 않고 읽는다.

　책을 떠올릴 때면 마냥 행복하다, 내 취향 안에서는 가리는 것 없이. "아마도 책들은 저마다 일종의 은밀한 귀소본능이 있어서 자기한테 어울리는 독자를 찾아가는 모양이에요." '건지 감자껍질 파이 북클럽'이라는 책의 초반에 등장하는 문장이다. 사고 싶은 책을 고민 없이 구매하는 내게 위안을 준다. 어울리는 게 많은 독자가, 그리고 작가가 되고 싶다. 내 확고한 취향이 길을 알려주지 않을까?

두 번째 풍선 안에는 좋아하는 모습이 담겨있다. 하도 다양해서 요모조모 헤쳐봤더니, 자기 자신을 사랑할 줄 아는 친구의 모습이 있다. 나는 자존감이 낮은 사람이었다.

애착유형을 검사해보면 으레 불안형 애착유형이 나왔다. 예쁜 옷을 입어도, 매일 예쁘다 말해주는 사람이 곁에 있었어도 나는 내가 예쁘지 않았다. 그러다가, 대학교에 다니고, 졸업이 다가올 즈음에 만난 학과 친구가 있었다. 그 친구는 참 꼿꼿하고 빛났다.

"00아, 너는 진짜 자존감이 높은 것 같아. 부러워."
"응, 맞아. 나는 내가 어떤 모습이어도 괜찮은 것 같아.
나라는 사람이 둔해서 그래."

어떻게 그럴 수 있을까? 나는 내가 괜찮은 사람이라고, 어떤 모습도 괜찮다고 생각해본 적이 없는데. 나는 그날 처음으로 나를 사랑하고 싶었다. 내가 날 사랑하지 못한 채 나를 사랑해주는 사람이 주는 사랑에만 의존하며 살았다. 그렇게 '나'는 사라지고, '사랑받는 나'만 살아갈 자격을 얻었다. 그 친구와 시간을 보내며 나는 한 장씩 한 장씩 '나를 사랑하는 10가지 이유'라는 책의 책장을 넘겨갔다. 모든 게 어색하고 쉽지 않았다.

무에서 유를 만드는 건 그렇게나 어려운 거다. 지금은 유의 상태지만, 여전히 나는 그 친구처럼 나를 깊이 사랑하지는 않는다. 하지만 그래도 지금의 나도 꽤 괜찮다는 것, 좋거나 빛나지는 않을지라도 현재의 나도 존재할 가치가 있는 사람이란 걸 느낀다. 사랑까지는 아니어도 짝사랑의 반열에는 오른 것 같다. 그 친구는 아직도 내가 갖고 싶은, 동경하는 모습의 사랑을 보여준다.

세 번째 풍선은 손을 아주 높이 뻗고, 깡충깡충 뛰어야만 닿을 수 있다. 그 풍선 안에는 내가 좋아하는 말들이 한가득 쓰여 있다. '세상 모두가 등 돌려도 우리에게 서로가 있다면 무서울 게 없잖아?' '하루의 분주함이 피어오르는 노을을 당신과 보는 게 좋아.' '엄마는 이제야 우리 딸한테 엄마 노릇을 하는 것 같아서 이 시간이 고맙고, 소중해.' '난 항상 네 행복을 바라.' '네가 좋은 사람이라 곁에 좋은 사람이 많은 거야.' 'You are scored on my heart.' 'Live boldly, Just live.' '나는 네게 단 한 번도 충성스러운 적 없었던 남자의 충성을 바친다.' 등의 다양한 색의 글들이 한 데 모여있다.

사랑의 분홍색, 내리사랑의 빨간색, 좋아하는 문학의 하얀색, 우정의 노란색. 축제에 온 것처럼 눈도 몸도 즐겁다. 내게 예쁜 말들만 모아놓은, 내 사랑스러운 취향들. 힘들 때 내 곁을 둘러싸고 따스한 목소리로 읊어주는 포근한 이불 같은 말들. 내 목소리로 읽으며 입 안에 새기고, 가슴에 품고, 손에 꽉 쥐었다가 다시 풍선에 넣어둔다.

갑자기 평, 하고 터진 풍선 소리에 소리가 나는 쪽을 향해 귀를 막고, 고개를 돌린다. 불호의 풍선이다. 나는 시끄러운, 복잡한 곳을 싫어한다. 상대의 목소리가 들리지 않고, 목청껏 말을 해도 내 목소리가 상대에게 닿지 않는, 마치 시공간이 멀리 떨어진 것 같은 느낌을 주는 소란스러운 장소는 불편하다. 음악이 나를 잡아먹는 공간은 내게 공포이며 가장 두려운 공간은 내가 나로 존재할 수 없는 곳이다. 누가 곁에 있든 내가 나를 꾸며내야 하는 공간은 내 기력을 쑥쑥 뽑아간다. 헌혈하는 것처럼. 헌혈은 누군가에게 도움이 되지만, 에너지 헌혈은 그 누구에게도 도움이 되지 않는다. 상대는 나를 제대로 알 수 없고, 나는 내가 아닌 거짓의 나를 보여주게 되니까. 귀가 먹먹해지는 공간과 거짓의 나만이 존재하는 공간은 혼란만을 안겨준다.

싫어하는 공간의 풍선이 터진 탓에, 급한 마음으로 좋아하는 공간이 담긴 풍선을 찾는다. 네 번째 풍선은 내가 사랑하는 하얀 설원이다. 세상이 나에게 잔혹할 때마다, 마음의 평정을 찾고 싶을 때마다, 머리가 복잡해서 온통 새까만 아득함밖에 남지 않았을 때마다 떠올리는 하얀색 눈. 혼자 그 눈에 누워있기도 하고, 누군가와 손을 잡고 누워있기도 했다. 절대 녹지 않는 시린 눈이 뜨거운 내 번뇌를 녹여 없애줬다.

눈에 반사된 햇빛이 나를 따사로이 바라보기도 하고, 어떤 때에는 옆에 흐르는 계곡의 나무에서 다람쥐가 도토리를 웅냥냥 먹기도 한다. 한없이 평화롭고 시원한 겨울의 공간. 잔잔하고 고요해서 혈관에 피가 흐르는 게 느껴지고, 심장이 끊임없이 노크하는 소리가 들리는 장소. 가면을 쓰고 만들어낸 수많은 나를 하나씩 정리하고, 지친 마음을 보듬어줄 수 있는 언덕. 내가 어떤 모습의 나로 존재하든 새하얀 눈이 너그럽게 다 받아주는 차갑고도 다정한 눈의 침대. 모든 것이 부재해야 할 그 계절의 내 설원에는 내가 사랑하는 모든 게 존재한다. 역시 난 겨울을 깊이 사랑한다.

설원의 풍선도 다시 놓아주고 나니 그제야 눈에 모든 풍선이 들어온다. 내 취향으로 가득한 풍선들이 나를 향해 환히 웃는다. 내 취향은 찌푸리는 법이 없다. 누군가 내 취향을 바늘로 푹, 찔러도 금세 다시 차오른다. 그리고선 더욱더 단단해진다. 어떤 침범도 용납하지 않겠다는 듯이. 가지각색의, 저마다의 향이 나는 내 취향들은 하나의 공통점이 있다. 모두 내 행복을 담고, 빌고 있다는 것. 오늘 내 기도문의 시작은 이렇다.

"신님, 오늘은 제 취향으로 가득한 꿈을 꾸게 해주세요. 하얀 설원도 좋고요, 제게 따뜻한 말을 해주는 사람들이 나와도 좋아요. 아픈 꿈 말고, 취향에 취하게 해주세요."

I am happy! Are you happy?

승연

그 남자가 산책을 한다.

21층에 사는 그이는 평생 직업이 없었다.

아르바이트 따위는 안중에도 없다.

변변한 애인이 있어 본 적도 없고 차도 없다.

필요할 땐 가족들 차를 얻어 타고 외출한다.

올봄 60세를 훌쩍 넘겼지만 아무도 그렇게 보지 않을 정도로 초초 동안이다.

그는 치장을 좋아하지 않아 산책을 나올 때 아주 간단한 옷차림을 선호한다.

자연주의를 고수하는 까닭에 집 안에서는 옷을 입지 않는다.

단점은 산책을 나올 때마다 소변이 자주 마려워 여기저기 노상방뇨를 한다는 것.

후미진 곳을 찾아 반드시 따끈한 볼 일을 본다는 것.

　　가끔 시청하는 반려동물 프로그램에서 이별 이야기가 방영되었다. 노화에 따른 병을 치료하며 함께 지내던 반려견 세 마리중 열다섯 살 된 노견이 무지개다리를 건너 장례식을 치르고 납골당에 안치되는 과정이 담담히 그려졌다.

　노령견들의 힘겨운 일상을 종종 유튜브를 통해 보기도 하지만 이처럼 병세가 심해져 그렇게나 좋아하던 꿀물 한 모금도 목으로 넘기지 못해 토하고 경련하는 장면은 처음 보았다. 마지막을 향해 가는 길에서 사람과 별반 다르지 않은 모습이었다.

　소파 끝에 누워 있는 우리 강아지를 가만히 돌아본다. 이제 열두 살 토이푸들인 해피. 아직도 내겐 아기 같기만 한데 개의 나이로 치면 60대 중반의 나이다. 언젠가는 우리도 해피와 이별하는 날이 올 것이다. 그날을 가능한 한 뒤로 미루고 싶지만 무엇을 장담할 수 있을까?

　우리가 그 아이를 받아들인 것은 예정된 운명 같은 것인지도 모른다. 어려서부터 사촌네 강아지가 부러웠던 딸아이는 강아지, 강아지 노래를 불렀다. 개란 존재에 대해 친근함보다 막연한 두려움과 부담감이 컸던 나는, 새는 수도꼭지 틀어막듯 항상 '너 서울대 가면.'이란 불가능할 것 같은 조건으로 화답했다.

　그 딸애가 할머니 댁에까지 예쁜 강아지가 입양돼 오자 더 이상 강아지 없인 못 살겠는지 수능을 대박 냈고 반려견 기르기를 미룰 수 없게 만들었다. 그해 겨울 시어머님께서 위암으로 자리보전하고 누우시면서 짧은 기간 동안 해피는 우리 집과 형님댁을 잠깐씩 오가며 지냈다. 급작스레 어머님이 떠나시자 아버님께서 해피를 혼자 거두시기 어렵다고 하셨고, 당시의 심정으로는 두 분이 그럴

게 예뻐하시던 아이를 멀리 보낼 수도 없었다. 결국 해피는 어머님이 남겨주신 선물처럼 우리에게 왔다.

해피가 오기 전 우리 가족은 4칸 칸막이 반찬통처럼 서로에게 섞이지 못하는, 단지 공동가정의 가구 구성원에 지나지 않는 서늘한 모습이었다. 물론 처음부터 그랬던 것은 아니었지만 언젠가부터 따뜻함을 느끼거나 누려볼 수 있는 상황이 아니었다.

오로지 아이들의 진학만을 위한 전초기지인양 집은 가시방석처럼 날카로웠으며 늘 무엇엔가 쫓기는 듯 조급했다. 함께 지내는 곳이 포근함이 깃들어 있어야 할 가정이라는 사실을 잊은 듯했다.

집은 학원비 카드 대금 갚아주는 사람, 재촉하고 닦달하는 학원행 운전기사, 그저 시험지 먹고 점수 뽑아내는 성적표 자판기들이 모여 잠깐씩 쉬었다 흩어지던 간이역에 불과했다. 썰렁하고, 건조했으며 서로에 대해 신뢰와 사랑을 다지지 못한 채였다. 무엇이었는지도 모를 목표를 이루고 나면 모든 것이 제자리로 돌아오고 좋은 감정만 가득할 것이라고 기대했었는데.

두 아이가 좋은 학교로 진학하고 나서도 기쁨이나 만족보다는 왠지 허전함의 웅덩이가 자꾸 커져만 갔다. 잠시 모이는 교집합 같은 식사 시간이 일주일에 한두 번, 멀리 기숙사 학교로 진학한 작은 아이와는 그나마 한 달에 한 번 얼굴을 마주하였다. 그간의 상처를 어루만지고 치유하기에는 턱없이 모자라고 표면적이기까지

한 시간들이었다. 그 가운데 해피가 있었다.

　비 오는 겨울 어느 날, 형님댁을 떠나 우리 집으로 아주 이주해 온 조그맣고 겁에 질려있던 작은 생명은 조금씩 자리를 넓혀가며 영역표시를 하기 시작했다. 처음엔 서로의 주파수가 맞지 않아 많은 우여곡절과 오해가 있었다. 어려서부터 반려견을 키워 봤던 남편이나 무조건적인 사랑만으로 무장한 아이들과 나는 달랐다.
　애초부터 인간 아닌 생명체에 대한 호감 어린 기대가 없었고 아무런 마음의 준비도 되어있지 않았다. 한 살이면 성체가 되는 강아지 생리상 이미 두 살이 된 아이는 5킬로그램에 못 미쳤지만 물리면 매우 아프고 무서운 동물이라는 인식부터 들었다.
　또한 털이 많이 날릴 것이므로 청소를 싫어하는 내겐 피할 수 없는 골칫덩이일 터였다.

　막연한 두려움과 기피로 거리를 두던 나를 그 어린 생명체도 본능적으로 느끼고 있던 것일까? 종일 함께 지내면서도 불안과 낯섦을 내게 향한 적대적인 짖음으로만 표현하던 아이를 보듬어줄 방법을 몰랐다. 그때까지 떨쳐버리지 못한 피해의식으로 공연히 '개새끼까지 나를 무시해! 내가 그렇지 뭐!'라고 남편에게 문자로 패악을 부렸다. 긴 대치 끝에 위협하고 때리다 플라스틱 자가 부러진 일까지 있었다. 고단하고 냉랭하던 숙제의 터널을 갓 벗어난 우리 가족, 아니 그보다는 내가 가지고 있던 가난하고 무지한 마음이 고스란히 드러나는 슬픈 일이었다.

그럼에도 'Happy'가 있었다.

해피에게 큰 상처로 남았을 그 시간이 없었다면 더 좋았을 테지만... 우리는 잘 극복했다. 해피를 통해 자칫 잃어버린 채 영영 고착됐을지 모를 가족의 본성도 회복할 수 있었다. 벌써 10여 년 전의 일이다. 온통 까만색에 가깝던 털이 기품 있는 은갈색으로 변했고 미용할 시기가 가까워지면 몸 전체가 몽글몽글해진다. 하지만 날렵한 주둥이와 몸 선은 여전히 샤프하다.

더할 나위 없이 겁 많고 과민할 정도의 소심함은 초지일관이지만 가족들이 외출할 때마다 눈 위로 드러내는 여덟 팔八자의 불쌍 모드와 아련함은 개껌 하나로 온데간데없다.

그것이 해피다. 검지손가락 한마디만 한 발바닥으로 거실을 가로질러 올 때 들리는 '촵촵촵촵촵' 귀여운 존재감의 발소리로 밤늦은 시간까지 안방과 형 방을 종횡무진 누비는 해피. 어린 사슴 같기도 하고 작은 양 같기도 하고 수북한 털에 휩싸여 뒹굴 때는 새끼 곰 같기도 하다. 식탁 의자를 붙잡고 서서 안아달라고 귀를 펄럭일 땐 금방이라도 날듯한 아기코끼리를 연상케 하는 다중견격체, 폴짝폴짝 뛸 때 나는 토끼라 부른다. 그래도 해피다.

해피는 가족을 하나로 묶는 따뜻한 벨트이다. 휴가 땐 자연스레 애견 펜션을 찾아가고 사회성 제로인 해피의 산책코스는 한적한 곳으로 선택한다. 가족 외식도 자제하고 외출할 땐 혼자 집에 있는 시간이 길어질까 모두 가급적 귀가를 서두르며 무뚝뚝한 형도 가끔 들고 오는 뽑기 인형은 해피 입에만 물려준다.

오랜 습관으로 우리의 생활방식은 그렇게 바뀌었다. 해피와 동반하는 길에는 아직 여러 가지 제약이 따른다. 식당이나 교통수단, 국립공원, 휴양림 등등 입장 제한이 많은 것이 현실이지만 기꺼이 불편을 감수한다. 가족이라면 언제 어디든 함께하고 싶은 마음이 있으니까.

해피! 엄마 아기! 비 맞은 작은 새처럼 오들오들 떨면서 누나 품 안에 안겨 들어오던 날의 너를 떠올린다. 너는 누나 방에 둥지를 틀더니 방에 들어오는 가족들로부터 누나를 지키기라도 하듯 침대 위에서 맹렬히 짖곤 했었어. 기억나니? 사료도 잘 먹지 않고 종일 웅크린 채 누나가 돌아오기만을 기다렸어.

그땐 그것이 너의 세상이 바뀐 일이었다는 걸, 그 커다란 두려움에 너도 어찌할 바 몰랐다는 것을 엄마야말로 몰랐어. 너처럼 엄마도 막막했던 것 같아. 차안대 찬 경주마처럼 미친 듯 내달리다가 왜인지 모르고 멈추어야 했던, 더는 무엇을 해야 할지 몰라 텅 비어버린 껍데기를 받쳐 들고 서성거리던 엄마의 마음이 그때의 너와 같았다는 걸 몰랐어.

TV에 나오는 친절한 강아지처럼 활달하고 건강하게 주는 밥 잘 먹고 거실 한 귀퉁이에서 말 잘 듣는 애완동물처럼 대기하고 있기를, 필요할 때 나를 위로해 주고 내가 귀찮을 땐 저 멀리 떨어져 조용히 입 다무는 그런 인형이기를 바랐었나 봐.

작은 맹수처럼 으르렁거리던 네가 책 읽는 엄마의 양반다리 안에서 잠들기 시작하고 외출에서 돌아오는 가족들을 숨넘어갈 듯 반기다 과호흡으로 엄마를 놀라게 하기도 했고. 적당히를 모르는 너는 끊임없이 핥기 좋아하고 질리도록 긁어주기를 바라는 너.

대소변 가리기는 또 얼마나 깔끔한지. 그렇게 그렇게 너만의 달콤한 비린내가 엄마에게 스며들었고 점점 진하게 번져갔어. 콧기름 반지르르한 네 코의 한쪽 콧구멍에, 조금은 푸석한 털 올 사이사이에, 민들레홀씨 모양 꼬리에, 아직도 무구하기만 한 두 눈에, 너도 엄마 냄새를 담고 있겠지?

강산이 변한다는 십 년 동안 스스로 생각해도 나는 많이 변했다. 반려동물이나 생명체 존재에 대한 인식이 크게 달라진 것이다. 사육곰 생츄어리 관련 일을 하는 딸의 영향을 받았다.

나는 그간 독립한 딸이 구조한 유기묘 4마리의 할머니가 되었고 합사가 어려웠던 한 마리는 내가 집으로 데려와 키우고 있다. 그 역시도 강아지와는 많이 달라서 처음에는 어려움을 겪었지만 해피를 보며 용기를 냈다. 안면인식장애라도 걸린 듯 사람인 가족 외에는 알은 채 안 하는 해피의 무관심인지 무서움인지는 영역 동물인 고양이를 함께 기르는 데 오히려 도움이 되었다.

　해피를 통해 가장 무해하고 본질적인 사랑을 깨달아 가면서 나를 돌아보고 아이들에게 진심 어린 사과를 할 수 있었다. 두 아이는 배려하는 마음을 배우며 성인으로 성장했고 나와 남편도 반려동물과 함께하면서 늦둥이 키우듯 정작 아이들을 기를 땐 몰랐던 소소한 기쁨을 누린다. 해피가 우리 가족에게 보여준 사랑과 행복만큼이나 해피에게 퍼부어지는 우리의 애정을 그 아이도 충분히 느끼고 있을까? Happy! Are you happy?

5장
지나온 시간 속 장면

옥수수밭 경주

가람

　요즘 내 인스타그램 피드를 내리면 항상 웨딩드레스를 입은 신부와 정장을 차려입은 신랑의 사진이 보인다. 대학교 강의실에서 같이 수업을 듣던 때엔 다들 앳된 얼굴이었는데, 어느새 다들 우리가 어른이라고 부르던 얼굴이 되어 서로의 손을 꼭 잡고 환하게 웃고 있다. 그 사진들은 나를 멈춰 세우고 내 현재 상태를 돌아보게 만든다. 서른이 되어가는 지금 나는 누구의 손도 잡고 있지 않다. 솔직히 앞으로 누구의 손을 잡을지도 모르겠다.

　작년까지만 해도 결혼은 내 삶에 큰 화두가 아니었다. 그저 먼 미래의 이야기일 뿐이었다. 그런데 올해 들어 결혼만 생각하면 막연히 무언가 잘못되고 있는 것 같고 불안해진다. 시간이 내가 모르는 사이에 얼마나 성실하게 흐르고 있는지 깨달은 이후 일어난 일이었다. 시간의 무서운 점은 흐르는 소리가 잘 들리지 않는다는 점이다. 작은 냇물처럼 졸졸 소리를 내서 흐르지 않고 큰 강처럼 자세히 귀를 기울여도 잘 안 들릴 정도로 조용히 흐른다.

　하지만 강도, 시간도 쉴 틈 없이 흐르며 은밀하게 흙을 실어 나르고 둑을 만든다. 오랜만에 돌아본 내 주위의 풍경은 꽤 많이 변해있었다. 부모님이 근시 안경에 더해 돋보기를 끼기 시작하셨다는 걸 발견했고, 친구들은 청첩장을 건넸고, 올해엔 조카가 태어났다. 올해 유난히 일이 많았지만, 사실 예상치 못한 것도 아니었다. 나만 나이가 든 게 아니고 주위의 모두가 함께 나이를 먹고 있었다. 올해는 그저 변화의 수위가 임계치를 넘어서 눈에 많이 띈 해였을 뿐이다.

한동안 나는 결혼을 생각하면 슬퍼졌다. 백년해로하는 노부부의 모습 같은 가슴 따뜻한 이야기만 들어도 마음 한구석이 아팠다. 역설적으로 내가 그런 미래에 너무나 살고 싶었기 때문이었다.

나는 삶에 어떤 변화가 찾아와도 함께 버텨낼 사람을 찾는 이상에 아주 큰 가치를 두었다. 하지만 사람을 만나면 만날수록 이상은 멀게 느껴졌다. 지금의 나는 목표에서 아주 멀리 떨어져 끝도 없는 옥수수밭 한가운데에 덩그러니 서 있는 느낌이 들었다. 뒤처지고 있다는 느낌이 들었는데 대체 무엇에 뒤처지고 있는 것인지 알 수 없이 조바심만 들었다.

오래 전 나에게 옥수수밭 경주에 대한 이야기를 들려준 친구가 있었다. 한창 이별에 대한 고민을 하고 있을 때 친구가 말했다. 아메리카 대륙의 어느 부족은 중요한 보직에 앉을 사람을 골라야 할 때 후보들을 모아 옥수수밭 초입에서 경주를 시킨대. 해가 지기 전까지 옥수수밭이 끝나는 지점까지 달려가면서 밭에서 옥수수를 한 개 따오는 경주인데, 도착점에서 각자 따온 옥수수를 맞대보고 가장 큰 옥수수를 따온 사람이 이기는 거야. 어떤 경로로 달리든, 달리는 도중에 옥수수를 몇 개를 따든 상관이 없지만, 꼭 지켜야 하는 두 가지 법칙이 있어. 첫째, 달려온 길을 되돌아가지 않는 것. 둘째, 한 번에 한 개의 옥수수만 들어야 한다는 것. 달려가다가 다른 옥수수를 따고 싶다면 먼저 손에 들고 있는 옥수수를 버려야 하는 거야.

처음 이 이야기를 들었을 때 뜻을 제대로 이해하지는 못했지만, 어쩐지 만남과 이별을 반복할 때마다 이 이야기가 떠올랐다. 반려자를 찾는 게 옥수수밭 경주와 같다면 내가 옥수수를 고르는 기준은 과연 무엇일까? 올해 부쩍 결혼이라는 화두에 괴로워하다가 이 질문을 곰곰이 생각했다. 그리고 부끄러운 결론에 도달했다. 나는 스스로가 괜찮은 사람이라는 확신이 없을 때 사람을 찾았다. 특히, 내가 사실은 아주 작고 초라하다고 고백할 때마다 꾸준히 반박해서 내가 괜찮은 사람이라는 확신을 주는 타인을 사랑했다.

나는 정말로 상대방을 사랑했을까? 내가 해온 사랑은 상대가 나에게 어떤 역할을 해주기를 끊임없이 기대하는 행위에 가까웠던 것 같다. 내가 다른 무엇보다 더 우선시할 만한 가치가 있는 사람이라는 확신을 주는 사람, 주변이 너무 빨리 변해서 두려움에 압도되면 나를 진정시켜 주는 사람, 내가 말을 서툴게 해도 그 안의 진심을 알아주는 사람, 이런 역할들을 해주기를 원했다. 상대가 내가 기대한 사람이 아닐 때, 즉 나처럼 불안함을 느끼고 가끔은 초라해지는 사람이라는 걸 발견하면 쉽게 실망했다. 그 실망감에 압도

되어서 상대의 불안을 받아주는 것에도, 어떤 것을 잘하고, 좋아하고, 싫어하는 사람인지 알아채는 데에도 서툴렀다.

그런 관점에서 보면 사실 나는 결혼을 하고 싶었던 게 아니라 반복되는 실망감에 지쳐서 어떤 완벽한 한 사람에게 정착하고 싶었을 뿐이었다. 뒤처지고 있다는 막연한 불안감은 알고 보니 나의 기대를 만족시켜 줄 사람이 점점 줄어들고 있다는 생각 때문이었는데, 사실 내 기대 자체가 아주 비현실적이었으니 어떤 의미에서는 쓸데없는 걱정이었던 셈이다.

올해 나의 화두는 결혼이라는 탈을 쓰고 있었지만 사실 내 고민의 본질은 삶의 양면성을 받아들이는 일이었다. 삶은 정말이지 모순덩어리다. 예를 들어 반려자를 찾기 위한 여정은 옥수수밭 경주와 비슷할까, 아닐까? 예전에는 비슷하다, 또는 비슷하지 않다, 둘 중 하나가 정답이라고 생각했다. 하지만 그렇게 딱 떨어지는 정답이 있다는 건 나의 기대일 뿐이었다. 이상하지만 삶은 옥수수밭 경주이면서 동시에 경주가 아닌 것 같다.

반려자와 아이를 가지는 일처럼 생물학적 노화를 고려하지 않을 수 없는 미래를 꿈꾼다면 제한 시간이 존재하는 경주가 되지만, 내가 목표를 바꾸면 제한 시간은 얼마든지 늘어날 수 있다.

그러니까 나는 이 경주이자 동시에 경주가 아닌 것의 출전자이자 동시에 심판이다. 알다가도 모를 세상에서 타인이 주는 확신은 가장 완전한 동시에 가장 불완전한 위로이며, 나와 타인 모두 작고 초라한 동시에 유일해서 소중하다. 우리는 대체로 괜찮지 않으면서 동시에 괜찮았다.

일 년 전쯤 상담센터의 선생님에게 사람을 판단하지 않고 수용하는 것이 대체 무엇인지 여쭤본 적이 있다. 선생님은, 사람을 수용한다는 건 그 사람에게 더러운 것이 묻었을 때 그런 게 묻어도 되는지 안 되는지를 논하는 대신, 그저 아 더러운 게 묻었구나, 닦아야지, 하고 그 존재 자체를 바라보는 마음이라고 하셨다.

누구의 손도 잡고 있지 않는 나에게는 외로움이 묻어있다. 때로는 아주 큰 외로움이 묻어있어서 나와 가까운 사람들과 시간을 보내며 열심히 외로움을 닦아낸다. 외로우면서 동시에 외롭지 않은 고만고만한 나를 수용하며 살아가다 보면 나와 비슷한 태도로 살아가는 사람이 나타날지도 모른다. 요즘엔 옥수수밭을 달리다가 지치면 강가에 앉아 시간이 흐르는 소리를 들어보려고 애쓰고 있다. 수많은 새와 동물과 사람이 왔다 가고 매일 다른 소리로 흐르지만, 강은 스스로 흐르기를 멈추지 않는 한 계속 흐를 것이다. 그 작은 소리를 듣는 날은 상실이 끝이 아니라 형태가 변한 관계일 뿐이라는 알쏭달쏭한 말을 이해하는 날이 될 것 같다.

시골집에서의 추억

유나

어릴 때는 누구보다 빨리 어른이 되고 싶었다. 어른이 되면 누구의 눈치도 보지 않고 내 마음대로 살기로 다짐하고는, 미성년의 시절이 그저 빨리 지나가길 바랐다. 다른 사람들은 어릴 때가 좋았다는데, 나는 차라리 성인이 된 지금이 더 낫다고 생각할 정도로 그때가 별로 그립지 않은데 어린 내게는 감당하기 좀 버거웠던 이런저런 일들을 겪었고, 심적으로 의지할 사람이 주변에 없다는 걸 깨달으면서 마음의 문을 꽁꽁 잠그고 지냈던 그 시기의 내 마음을 색깔로 표현하자면, 아주 칠흑처럼 새까만 색이었다.

우울했던 시기였지만 그 사이사이에 소소하고 즐거운 추억들은 분명하게 남았다. 엄마와 동생과 주말마다 수영장에 가던 일, 방학 때 떠난 가족 여행에서 밤바다를 보며 불꽃놀이 하던 일, 내 방 책상에 앉아 밤늦게까지 라디오를 듣던 일 등등 떠올리면 금세 그리워지는 시간이.

즐거웠던 시간 중에서도 오감을 총동원해 좀 더 오래 느끼고픈 그리운 추억은 누구에게나 있기 마련인데 나는 충청도 한 시골 마을에서 외할머니 혼자 사시던 그 자그마한 시골집을 떠올리면, 하던 일도 잠시 잊고 그곳에서 지냈던 추억에 정신없이 잠기게 된다.

작은 체구의 외할머니가 사시던 시골집은 대문도 없었고, 잠금 장치라곤 장지문 고리에 숟가락 하나 꽂아놓는 게 전부였다. 가만히 멍때리기 좋은 작은 툇마루도 있었고, 부엌에는 가마솥과 아궁이가 있었다. 화장실은 정말이지 휴지 색깔을 물어보는 귀신이 튀어나올 만한 재래식 화장실이었으며 세면대나 욕실도 따로 없어서 샤워는 꿈도 못 꾸고, 야외 수돗가에 쪼그리고 앉아 세수나 양치만 겨우 했다. 자려고 방에 누우면 천장에서 쥐들이 뛰어다니는 소리가 들렸고, 아침에는 이웃집의 닭이 우는 소리를 들으며 잠에서 깼다. 사방에는 거름 냄새가 진동하고 가끔 놀러 오셨던 작은 외삼촌은 거름 냄새를 맡으면 머리가 좋아진다며 나와 동생을 깜박 속이곤 했다.

초등학교 때는 거의 매주 주말마다 엄마, 동생과 함께 시골집을 갔었는데, 그때는 참 싫었다. 화장실도 열악했고, 작고 오래된 TV에서는 케이블 채널이 나오지 않아서 만화영화랑 음악 방송을 못 보니 너무 심심했던 것이 이유라면 이유랄까? 그래서 항상 시골 가기 전에 동네 만화방에서 만화책을 잔뜩 빌려 가곤 했다. 어두컴컴한 옆 골방에서 밍크나 윙크 같은 만화 잡지를 열심히 읽었는데, 방에서 풍겼던 퀴퀴한 냄새와 서늘했던 기운이 지금도 생생히 느껴진다.

그 작은 시골집에서 추억을 참 많이도 쌓았다. 동네 원두막에 누워 여름 바람을 맞던 일도, 엄마의 어린 시절부터 있었다던 동네 구멍가게에 들러 과자를 고르던 일도, 일요일 아침 다 같이 둘러앉아 놋쇠 그릇에 담긴 미역국을 먹던 일도, 수돗가에 개구리가 앉아있는 걸 보고 꽥 소리 지르던 일도, 모두 생생히 기억나지만 다시는 그때로 돌아갈 수 없기에 더욱 그립다.

학교 성적, 친구 문제, 집안 문제로 혼자 고민하며 끙끙대던 나는 집에 틀어박혀 주로 만화책이나 TV를 보며 스트레스를 풀었고 집과 학교, 학원만 오가며 도시에 살던 내가 시골에서 탁 트인 자연을 직접 경험하며 일종의 해방감을 느꼈던 그곳.

확실히 시골에는 도시에서 느낄 수 없는 즐거움이 있었다. '누군가와 함께하는 즐거움'을 깨닫는 기쁨 같은 것인데, 저녁 식사 후 항상 밤에 산책하러 나가서 집에 돌아와 포근한 이불을 덮고 함께 누워 컴컴한 방에서 '토요 명화'를 보는 일이 그랬다. 집에서는 항상 침대에 혼자 누워 잠들었는데, 누워서 옆 사람의 체온을 느끼니 잠이 더 솔솔 오고 할리우드 영화 속 주인공들을 보며 언젠간 나도 저들처럼 멋진 인생을 살 거라는 상상을 펼치며 이야기하고 대화하다 잠드는 일은 시골에서만 누릴 수 있는 남다른 경험이었다.

중학생이 된 후로는 주말에도 학원에 가느라 외할머니댁을 방문하는 일이 점점 뜸해졌다. 외할머니께서도 그 시기에 암으로 고생하셨고, 치료를 위해 대전으로 올라오신 후로는 더 이상 시골집에 갈 일은 없었다. 중학교 3학년 때 외할머니께서 돌아가신 후로 그 집은 완전히 철거되었고 그 후 고등학교 생활을 정신없이 보내며 대학교를 졸업하고 취업 준비를 위해 고군분투하느라 어릴 때의 추억은 까맣게 잊고 살았다. 당연히 시골에서 보냈던 시간도 떠올릴 틈 없이 분주한 날들의 연속이었다.

무슨 계기로 갑자기 그 시골집이 떠올랐던 걸까? 아마 사회 초년생이 되고 처음 겪는 업무와 직장 내 인간관계 문제로 고민하다가 힐링 좀 해보려고 시골 생활을 그린 영화를 찾아봤을 때였나 보다. 영화를 보면서 내가 시골집에서 겪었던 일들이 생각났고, 갑자기 그때의 추억이 봇물 터지듯 마구 흘러나왔다. 오래전 일이었는데도 당시의 풍경과 공기, 냄새가 생생하게 내 몸을 감싸는 걸 느꼈다.

왜 사람은 항상 그때의 소중함을 모르고, 지나간 시간을 그리워하며 후회하는 실수를 반복할까.

지금 생각하면 나는 외할머니에게 '대가 없는 사랑'을 받았다.
물론 부모님도 나를 무척 사랑하셨지만, 그때는 좋은 성적을 받아야 하고, 착한 행동을 해야만 부모님이 나를 예뻐한다고만 착각했고 학교 선생님 등 주변의 다른 어른들도 내가 그들 마음에 드는 행동을 했을 때만 사랑해 주는 존재로 생각했다. 그렇지만 외할머니는 무조건적인 사랑을 주셨다. 만날 때마다 부루퉁하게 있는 나를 항상 반겨주시고, 정성스레 식사를 차려주시고, 과자도 사주시고, 떠날 때는 항상 용돈도 쥐여 주셨다.

외할머니께서는 말씀이 별로 없으신 분이었지만 굳이 말하지 않아도 외할머니만의 따뜻한 정을 나는 충분히 느낄 수 있었다. 항상 대가를 지급해야 하는 사회를 살다 보니, 그 무조건적인 사랑이 그리울 때가 종종 있다. 너무 그리운 나머지 울어버리고 싶을 만큼.

그러나 다시 그 시절로 돌아가라고 하면 망설이지 않고 바로 가겠다 말하긴 어려울 것 같다. 편한 도시 생활과 다르게 주변에 즐길 거리도 없고 사방에 거름 냄새가 진동하며 화장실도 열악했던 시골 생활이 불편했기 때문이다. 하지만 그 불편함을 한 꺼풀 걷어내면, 도시 생활에서는 느낄 수 없는 따뜻함과 해방감이 있는 시골은 건조한 도시에서 자란 나의 오감을 일깨우며 내면을 더욱 풍성하게 채워줬다.

도시에서는 항상 죽은 듯이 지냈던 것 같은데, 시골에서 나는 생생히 살아있음을 느꼈던 것인데 이걸 어릴 때 깨달았다면 매주 시골에 갈 때마다 그 시간을 더 소중히 여겼을 텐데 그때의 내가 알 턱이 없었을 테고 그렇게 귀한 시절은 지나갔다.

도시에서 태어나고 자라 시골과 접점이 없던 내가, 외할머니와 엄마 덕분에 시골 생활의 따뜻했던 경험이 내 인생의 일부로 자리 잡을 수 있어 정말 감사하게 생각한다.

　만일 내가 원하는 때에 자유롭게 과거로 돌아갈 수 있다면 외할머니께서 세상에 존재하셨던 그때로 돌아가 시골집 자그마한 툇마루에 앉아 멍하니 차를 마시며 천천히 책을 읽고, 낮잠도 한숨 자고 싶다. 이웃집 돼지와 소들도 보러 가고, 동네 원두막에서 여름 바람 느끼며 시원하게 수박을 먹고 외할머니께서 항상 끓여주신 미역국을 맛있게 한 그릇 다 비운 후 그리운 얼굴들과 함께 천천히 동네 한 바퀴 돌면서 달구경도 하고, 외할머니 옆에서 손잡고 그 얼굴을 오래오래 바라보고 싶다.

피로 물든 어항

서영

신을 믿어? 응, 믿어, 신은 분명히 존재하거든. 왜? 신이 없으면 오만한 우리 인간을 벌할 수가 없어.

너는 유신론자였다. 이렇다 할 종교는 없지만, 신은 존재한다고 믿는. 난 그런 너에게 오만했다. 오만[傲慢]; 건방지거나 거만한 태도를 뜻하는 단어.

돌이켜보면 나는 너에게 꽤 건방졌었다. 우리의 관계에서 내 행동은 오만했다. 어리숙하고, 어리석고, 미안하게도.

나뭇잎 사이로 스며든 햇빛이 따가운 한여름의 어느 날. 여기저기 울어대는 매미들 탓에 귀가 시끄럽고, 신경이 온통 곤두선다.

"저기, 안녕하세요. 인상이 참 선하세요."

"네?"

"그런데 요즘 힘든 일 있으시죠? 저희는 다 알 수 있거든요. 얼굴에서 다 보여서요."

저건 또 뭘까. 시크하고 거대한 노르웨이 숲 고양이처럼 생긴 사람이 이상한 사람들에게 붙잡혀 연신 손사래 치는 모습이 눈에 들어온다. 뿌리치지 못하는 그 남자의 머리 옆에는 만화 속에 나오는 한 장면처럼 '곤란'이라는 글자가 떠다닌다. 아, 끼기 싫은데. 어?

왜 이래, 이거. 발이 미끄러지고, 입이 다물어지지 않는다.

"한참 찾았잖아. 약속 장소 여기 아니야, 바보야."
"어?"

당황해 보이는 남자를 자연스레 툭 치며 눈으로 '아는 사람인 척해요.'를 연신 보낸다.
"...아, 여기 아니야? 큰 나무 아래서 만나기로 했잖아."
"내가 아까 꽃이 흐드러지게 핀 나무라 했잖아."
"내가 큰 나무라고 이해했나 봐."
"그런데 이분들은 아는 사람이야?"
"어? 아니."
"뭐야, 그러면 왜 여기 서 있었어?"
자, 이제 자연스레 손목을 잡고, 천천히 이 상황을 빠져나가 보자. 앞에 선 사람들은 순식간에 일어난 대화에 한 번도 끼어들 수 없다.
"저기...!"
뒤늦게 이상한 타인들은 우리를 붙잡으려 하지만 역부족이다. 우물을 벗어난 개구리는 깡충깡충 뛰어 이미 저 멀리, 다른 세상으로 간다.
"고맙습니다. 구해주셔서."
"아녜요, 안녕히 가세요."

"저, 실례가 아니라면 연락처 알 수 있을까요? 보답을 꼭.."

그게 너와 나의 첫 만남이었다. 개인정보에 민감한 내가, 친구가 함부로 다른 친구에게 내 번호를 넘겨줬다는 이유로 일주일을 화를 낸 내가, 너에게는 그냥 아무렇지 않게 주고 싶었다. 네가 말하는 그 신이 교만한 인간에게 내린 벌이 너였나 보다.

무더위가 풀이 죽고, 초가을의 선선함이 기세가 등등해지던 날에 우리는 가볍게 산책했다. 밥을 먹는 것도 아니고, 카페에 가서 대화하는 것도 아닌, 그냥 보통의 산책. 관대한 너의 배려 덕분에 다이어트 중이라 저녁은 안 먹는다는 내 핑계가 먹혔다. 네가 밥을 먹었는지 아닌지 신경을 쓰지도 않는 그 무신경함도 넌 꿀꺽 먹어 줬다. 산책하기에 딱 좋은 날씨라는 이유로 내 멋대로 굴어버린 그 못생긴 자존심의 시작점이 바로 그날이었다.

"몇 살이에요?"
"22살이요, 그쪽은요?"
"전 26살이요. 말 놓으셔도 돼요."
"아, 그럴까?"
낯을 가리지 않는 평탄한 너의 성격 덕에 우린 금세 친해졌다. 천변을 따라 쭉 걸으며 음식에 대한 호불호부터 각자의 학과 얘기, 희망 진로 얘기, 친구들 얘기, 그리고 각자의 이전 애인들 얘기까지 자연스레 나눴다.

"그럼 전 여친을 그런 '도를 믿습니까'에서 만난 거야?"

"웃기게도 맞아. 잠깐, 그래도 비웃지 마! 나 진짜 사랑했단 말이야." 심장을 움켜쥐는 제스처를 취하는 그를 보며 누가 웃지 않을 수 있을까. 호탕하게 웃고 나니 나를 빤히 바라보는 그의 눈동자 속에 비친 내 모습이 눈에 들어왔다. 오랜만에 걱정 없이 환히 웃는 내가.

"너 웃는 게 되게 예쁘네."

그 말로 우리의 관계는 연인으로 재정립됐다. 그러지 말았어야 했는데. 누구나 다 하는 그런 뻔한 연애가 시작됐다. 밥 먹고, 산책하고. 카페에 가고, 네 컷 사진을 찍고. 한 사람의 집에서 영화를 보다 스르르 같이 잠이 들고, 다음날 일어나서 같이 요리해 먹고. 그렇게 1년이 넘게 연애가 지속됐다. 설렘과 재미에 후루룩 읽히던 책은 어느새 외전이 한 5편쯤은 나와 지루해질 대로 지루해져 한 장 한 장 넘기기도 힘든 책이 되었다. 영어의 5형식은 주어+동사+목적어+목적격 보어, 라 말하는 것처럼 서로의 존재가 당연한 연애. 같이 있으면 오늘의 날짜를 알 필요도 없었던 우리는 이제 오늘이 몇 월 며칠인지 정확히 알고 있었다. 나는 네게 신이 내린 선물이었고, 넌 내게 신이 준 벌이었다.

끝끝내 날 안하무인으로 만든 비료는 너의 배려였다. 아프다고 괜히 짜증 내고, 자다 깨서 물 갖다 달라고 투정 부리고, 퇴근하고 마중 나오라고 툴툴댔던 나를 너는 다 받아줬다. 한 번쯤은 '내가 네 심부름꾼이야?'라며 짜증낼 법도 한데, 너는 매번 내 머리를 쓰다듬으며 다 해줬다. 그때까지만 해도 그게 당연한 줄 알았던 내가 이기적이라는 걸 깨달은 날은 네가 다리를 다친 날이었다.

"나 퇴근했어!"

"고생했네, 버스 타고 와?""응! 마중 나올거지?"

"...자기야."

"뭐야, 왜 망설여. 됐어, 혼자 뚜벅뚜벅 걸어가지, 뭐."

치, 사랑이 식었어. 식은 게 분명해. 나는 네 말을 다 듣지도 않고 괜히 투정 부리며 전화를 끊었다. 투덜투덜 네 집에 간 나는 너를 보고 심장이 물에 잠긴 듯 무거워졌다.

좁은 원룸 안, 컴퓨터 책상 앞 의자에 앉아 나를 향해 멋쩍은 미소를 짓고 있는, 다리에 깁스를 한 너. 그 순간, 내가 얼마나 이기적인 인간인지가 에로스가 화살을 쏘아 내 심장에 내리꽂은 듯이, 깊이 와닿았다. 아무 말도 못 하는 나를 향해 넌 절뚝절뚝 걸어와선 마중 못 나가서 미안하다며 사과했다. 내 이기심은 다 무용하고 아름다운 네 마음씨 때문이었다. 내가 과분한 사랑을 받아 마땅한 사람이라고 느끼게끔.

"지겨워."

네가 상처받을 걸 알고도 내뱉은 말이었다. 너는 날 버리지 못하니까. 내가 어떤 말을 해도, 어떤 행동을 해도, 넌 함께 이겨내자고 하는 사람이었으니까. 나를 빤히 바라보는 너의 눈에는 처음의 내 모습이 없다. 예쁘게 웃던 내가 아니라, 비릿한 표정을 짓는 내가 있다.

"어떤 게 지겨워?"

"네가 지겨워. 매번 이러는 나를 다 받아주는 네가 지겨워."

물고기가 담긴 어항이 피로 물든다. 한 방울씩 물에 스며드는 피는 티도 나지 않다가 어느샌가 피가 물이 된다. 나는 그렇게 네 심장을 계속 바늘로 찔렀다. 티가 안 나서. 찌를 데가 계속 있을 줄 알고.

그 말을 듣게 된 다음 날부터 너는 부지런히 지느러미를 움직여 어떻게든 어항을 청소하려고 했다. 나에게 애정을 담은 손 편지를 써주고, 혼자 시간을 보낼 수 있게 하루에 한 번밖에 연락이 되지 않아도 너는 착실히 나를 기다렸다. 끼니를 걸렀을까 밥 챙겨 먹으라는 연락도 너는 잊지 않았다. 주인이 들여다보지 않는 어항에서 물고기가 죽을힘을 다해 살아내고 있었다.

믿을 구석이 있는 썩어빠진 자신만만함은 끝이 없다. 나에게 믿을 구석은 나를 향한 너의 사랑이었다. 일주일에 한 번씩 보던 우리는 내가 우기고 우겨서 2주에 한 번, 3주에 한 번, 어느새 한 달에 한 번이 되었다. 그때쯤부터는 생기발랄했던 너의 지느러미 짓이 점차 느려졌다. 여전히 정신을 못 차렸던 나는 '움직이고 있네, 아직.'이라며 너에게서 관심을 거뒀다.

혼자 노는 게 좋았다. 자유롭게 친구들을 만나고, 자기 전 침묵 속에서 유튜브를 보고, 자고 일어나서 먹고 싶은 것을 아무거나 먹을 수 있다는 것. 그렇게 혼자 할 것 다 하고, 곁이 쓸쓸해질 때가 되어서야 나는 너를 찾았다. 네가 항상 내 곁에 있을 거라는 착각이 머릿속에 가득 찬 인간은 언제나 늦는다.

[내일 잠깐 시간 돼? 저녁쯤에 내가 너희 집 앞으로 갈게.]
[응, 나 퇴근하고 오면 9시쯤이야.]
[그래, 공원 벤치 앞에서 보자.]
아무렇지 않게 너의 문자를 데이트 약속쯤으로 받아들였다. 이별이 문 앞까지 찾아온 줄 모르고, 물고기의 숨이 거의 다 끊어졌다는 걸 모르고, 어항이 온통 피라는 걸 모르고.

"잘 지냈어?"
"응, 덕분에. 오빠는?"
"나도 잘 지냈어."
아, 헤어지겠구나. 그제야 눈치챈다. 집에 돌아온 주인은 온통 까만 집에 새빨간 어항을 보고 그제야 자지러지게 놀란다. 아냐, 다시 살아 숨 쉬어보렴. 죽은 물고기를 양손에 고이 받쳐 들고 신께 제물로 들어 올리듯 소중히 안고 통곡한다. 바늘로 찔러 다 헤진, 짓이겨진 너의 심장을 보고 꿰맬 곳 없나 뒤늦게 확인하며 또 상처 입힌다.

"너는 나한테 신이 준 선물 그 이상이었어. 알지? 그건 변하지 않아. 사실 나는 네가 내 삶에 잠시 머물다 간 찰나의 신이라고 믿어. 고마웠어."

눈물로 채워진 깨끗한 어항에는 더 이상 살 물고기가 없다. 나는 너에게 전하지 못한 진심을 이제야, 이 글로 전한다.

고마웠다고. 내 인생에서 내가 가장 잘난 줄 알던 그 시기에 내 삶에 머물러주어서. 오만했던 나의 믿을 구석이 당신이었기에 믿을 구석이 사라지고 뼈저리게 온몸이 부서지는 듯이 아팠지만, 그때 부서진 나는 이유 없이 자만한 나였기에 당연히 사라져야 했던 나라고. 이기심으로 가득했던 나에게 당신은 사랑으로 가득한 신의 벌이었다고. 적당히 사랑하고, 적당히 당당하게 살아가는 내 모습은 당신이 만든 새로운 따뜻한 어항이라고. 이제 그 어항에 나도 산다고. 주인이 아니라, 동등한 물고기로.

오만한 인간에게 내려진 신의 벌은 따스한 당신이었다.

누룽지

승연

　평생을 집안일에만 매여 사시던 엄마가 갑작스러운 뇌출혈로 손 써 볼 사이도 없이 쓰러지신 지 열흘 만에 돌아가셨다. 그 일주일 전 78세 생신을 맞으셨지만 큰 병치레 없이 나름 건강을 유지하고 계셨던 터라 가족들의 충격은 말로 표현할 수 없을 만큼 컸다. 누군가 한순간에 내 유년의 앨범을 맘대로 소각해 버린 듯 억울했다. 갑자기 발 디딘 뒷자리가 깎여나가 낭떠러지 절벽 끝에 서 있는 것 같은 공포와 아뜩한 절망이 나를 덮쳤다.

　그것은 중심을 잡기 위한 그 어떤 팔의 미세한 떨림마저도 용납하지 않을 것처럼 순식간에 온몸을 얼려 버린 치명타와의 맞닥뜨림 같은 것이었다.

　가슴도 정신도 추스를 수 없던 얼마의 시간이 지나고 친정에 들러 엄마의 유품들을 정리할 때였다. 홀로 남으신 아버지께서 편히 찾아 이용하실 수 있게 냉장고와 싱크대의 음식들도 살펴보는데 상부장 안쪽에서 비닐봉지에 담긴 누룽지 한 보따리가 나왔다. 엄마 밥솥 밑지름 크기의, 마치 접시 여러 겹을 켜켜이 쌓아놓은 듯 잘 담아 정성스레 포장되어 있던 누룽지들. 지퍼백을 열어 가만히 그 안의 공기를 들이마셔 보았다. 구수한 향은 사라진 지 오래 되었지만, 왠지 엄마의 손맛 냄새가 배어있는 것 같았다. 건조하고 마디 굵은 손가락과 터널증후군으로 엄지 근육이 무너진 엄마의 손. 그 낡삭은 손맛이라도 느껴보고 싶어 조심스레 누룽지를 꺼냈지만 사실 그럴 필요도 없었다. 두께가 족히 5밀리미터도 넘어 보이는 누룽지는 일부러 깨뜨리려 해도 얼마간은 양손의 힘이 필요할 만큼 단단했다. 바닥 쪽은 누룽지 고유의 누리끼리한 색을 그대로 유지하고 있고 이면인 안쪽에 미처 다 긁히지 못한 밥알들이 무질서하고 꺼끌꺼끌하게 말라붙어 있는 누룽지.

내가 기억하는 엄마는 당신과 우리 가족의 경제적, 정서적 결핍에 대해 털끝만큼도 승복하는 모습을 보이신 적이 없었다. 바깥세상에 대한 폄하와 정신 승리를 무기 삼아 가난한 내 울타리를 지키려던 태도는 자격지심 덩어리 딸을 질리게 했다. 마지막 자존심을 움켜쥐시던 악력도 고장 난 손이 회복되지 못하듯 서서히 힘을 잃어갔을 테지만 엄마가 약해지시는 것을 깨닫지 못했다.

난 살가운 딸이 아니었다. 머리가 자라고 나서 평생 엄마에게 억센 사포처럼 까칠했던 내 못된 마음이 만져져 누룽지를 붙들고 주저앉아 한참을 울었다.

중환자실에 누워계시던 엄마 모습은 다가서기를 멈칫하게 할 정도로 낯설었다. 팔과 어깨에 얽히고설킨 채 꽂힌 십수 개의 관들은 너무도 복잡해서 마치 동맥과 정맥을 널어놓은 것처럼 보였고, 이제쯤 엄마의 혈관들은 탈진되어 저렇듯 무색의 피가 돌고 있을지도 모른다는 생각마저 들었다.

다량의 출혈이 자발적으로 흡수되기를 바랄 수밖에 없는 상황이었지만 엄마의 피는 당신 삶의 굴곡만큼이나 진하게 엉겨 붙어 좀체 잦아들지 못했다.

하루 한 번 면회 시간, 20여 분의 잠깐 사이에 수십 년 동안의 어느 때보다도 가족은 뒤늦은 사랑 고백을 다투는 절실한 몸부림 안에 놓였다. 한 번도 들어보지 못한 엄마를 향한 아버지의 주문 '사랑해요, 어서 일어나.'에 이어 오빠도 건조한 말투를 벗고 엄마 귀에 뜨겁게 사랑을 되뇌었는데. 난 그러지 못했다.

엄마에게 늘 바늘같이 뾰족하고 따가운 말들, 먹다 남은 부스러기 같은 말들만 건네던 나. 엄마를 향한 내 사랑이란 감정의 입자는 목울대의 성긴 그물을 통과하기에 너무 차고 딱딱했던 모양이었다. 절체절명의 순간에도 내 배려는 누더기 같았다.

그게 뭐라고... 명치 저 안쪽에 박힌 가시 마냥 쓰리게 아픈 한마디를 끝내 뱉지 못했다. 외려 내 손을 놓고 하얀 시트 안으로 손을 감춰버린, 생에 대한 엄마의 투항을 원망했다. 아버지의 여든한 번째 생신날 우리 곁을 떠나신 엄마. 그러나 그 새벽 내가 편안히 울 수 있도록 엄마의 몸은 오래 따뜻해 주었다.

엄마가 떠나신 그 해 비로소 세상에 엄마라는 단어가 얼마나 넘치도록 많이 불리는지 알게 되었다. 그리고 그중 어느 것도 더 이상 내게 허락되지 않는다는 사실도... 마트에서, 버스 정류장에서, 길거리에서 엄마라는 이름의 지뢰밭을 건너다녀야 했고 종종 폭발하듯 눈물샘이 터지기 일쑤였다. 세상에서 가장 고단한 짐을 짊어졌던 사람, 엄마는 내게 동사형이었다. 한시도 분주하지 않으신 때가 없었다.

엄마는 집에 들를 때마다 손녀가 좋아하는 누룽지를 눌러주시곤 했다. 어쩌다 친정집에서 함께 식사할 때 딸아이는 할머니가 떠주시는 밥공기 심부름을 여러 차례 하고 나서 바닥을 보이는 밥솥을 들여다보며 "할머니, 누룽지 저 주세요." 했는데 엄마는 그 손녀에게서 어린 날의 내 모습을 떠올리셨는지도 모르겠다.

잊고 지낸 까마득하던 시절, 엄마는 쌀이 누른 게 아까우셨을 테지만 오래 써서 닳고 닳은 밥솥에 밥이 눋지 않던 날은 없었던 것 같다. 그럴 때마다 엄마는 아직 뜨겁기도 하고 촉촉이 수분을 머금은 누룽지를 박박 긁어 주먹만 한 크기의 공처럼 동그랗게 뭉쳐 주셨다. 누런색, 흰색이 적당히 버무려져 어린 내 손에 따뜻하게 쥐어지던 누룽지엔 고단한 엄마의 하루에 잠시 찍힌 쉼표처럼 검게 탄 밥알들이 언뜻언뜻 섞여 있었다.

가끔 엄마의 작은 탄성과 함께 밥솥 모양 그대로의 누룽지가 걷어 올려지던 기억이 난다. 그런 날엔 여러 날 쟁반에서 그 모양대로 바싹 말려 누룽지를 조각내 기름에 튀기고 설탕을 뿌려 진짜 과자처럼 만들어 주기도 하셨다.

제대로 된 군것질거리가 궁하던 시절 그만한 호사가 없었다. 딱딱한 누룽지를 이가 부러질 정도로 오도독 소리를 내며 깨물고 입 안에서 한참 동안 침으로 불려 씹어 먹던 그때 엄마와 달리 내게 남아도는 건 시간뿐이었다. 하지만 손녀가 그 딸의 나이가 되었을 때 손녀는 한 번도 외할머니의 누룽지가 마르는 시간을 기다려 준 일이 없었다. 할머니 집에 머무르는 시간은 언제나 너무 짧았다.

중고등학교에 다니면서도 딸애의 누룽지 사랑이 여전해서 엄마는 내가 집에 다니러 가거나 손녀가 가는 날이면 어김없이 미리 만들어 두었던 누룽지를 한 보따리씩 꺼내서 귀갓길에 손에 들려주셨다. 언젠가부터 그 누룽지가 쌓여 이리저리 차이며 천덕꾸러기 같이 생각되어 이젠 잘 먹지 않는다고 말씀드렸지만 누룽지가 외할머니 사랑의 확인 도장이라도 되는 듯 엄마는 누룽지 만들기를 그만두지 않으셨다.

그날 지퍼백 안에 들어있던 누룽지는 회한의 눈물과 함께 우리집으로 왔다. 마침맞게 먹음직스러운 누룽지를 만들어내려 가스레인지 위의 밥솥 앞을 종종거리셨을 엄마의 마음이 담긴 채. 내가 알아차리지도 못하고 감사 인사 한번 드리지 못했던 엄마의 무명천같이 투박하고 수수한 사랑이, 보이지 않는 곳에서 내게로 손녀에게로 건네질 시간을 묵묵히 기다리고 있던 것이다.

　그 후로 엄마의 누룽지는 이따금 우리 집 냄비에서 오래 끓어 내 점심이 되기도 했고 딸아이의 바쁜 등교 시간에 간편한 아침이 되기도 했다. 구수하고 따뜻함이 되살아나던 그 시간, 무엇보다 차고 넘쳐 지나쳐버리기 일쑤이던 엄마의 사랑을 다시 맛보던 시간도 그렇게 지나갔다.

　한 장 남은 누룽지에 식품 방습제 여러 개를 함께 넣어 엄마가 그랬던 것처럼 싱크대 상부장에 올려놓았다. 누룽지는 몇 해가 지나도록 변함없이 제 모양을 유지하였다. 가끔 꺼내 보던 누룽지는 때마다 가족들과 함께 경모공원에 가서 어루만지던 엄마의 잔디 이불처럼 누렇게 바래고 꺼칠하던 질감이 오롯이 느껴져 왈칵 눈물 돋게 만들곤 했다.

　이제 더 이상 엄마의 누룽지는 없다. 몇 해 전 이사할 때 잃어버렸던 것 같다. 늘 함께 모아놓는 마른 식품들 사이에 있었는데 찾을 수 없게 된 날 한동안 서운하기도 했다. 누룽지 표면은 유난히 거칠던 엄마의 손끝 피부를 떠올리게 했다. 손녀를 끔찍이 사랑하시던, 그 마음보다 어쩌면 조금 더 많이 당신 딸을 걱정하셨을지 모를 엄마.

어느 날, 뜨겁게 김 오르는 솥에서 밥을 퍼낸 엄마는 가스 불을 약하게 줄여 아직 수분이 많은 누룽지가 조금 더 바삭해지길 기다린다. 가장자리가 안으로 살짝 모여들자 솥의 내부를 따라 주걱으로 바닥을 훑어주며 원형 그대로의 누룽지를 꺼내어 쟁반 위에 놓는다. 오므라진 윗부분이 깨질세라 조심스레 넓게 펼치고 다듬어 손맛을 입히는 과정도 잊지 않는다.

엄마는 뒤 베란다에 쟁반을 내다 놓고 주방으로 들어오다 손녀가 시험 끝나면 오겠다고 한 약속이 떠올라 달력 앞으로 간다. 한 장, 또 한 장. 한 켜, 또 한 켜. 엄마의 어느 날은 얼마나 오래 그렇게 기다림이란 성분의 지층으로 굳어간 것일까?

가끔 딸이 집에 올 때면 나는 습관처럼 전기밥솥의 취사 버튼을 누룽지 코스에 맞춘다. 딸이 여전히 누룽지를 좋아하는지 아닌지는 묻지 않는다. 딸의 할머니, 내 엄마가 그랬던 것처럼.

구수한 누룽지 냄새가 풍기면 나는 작게 말한다. 미안해요. 엄마.

6장
내가 되어보세요.

고통은 희망

무명

저는 꿈이 없습니다. 꿈이 있어야 희망으로 살아간다는 그런 식의 말을 듣고 있으면 '헛소리!'라고 생각했죠. 대놓고 그런 말은 할 수 없으니 "그렇죠~"라며 친절하게 웃으며 대답은 합니다.

당장 내 앞에 일들로도 감당이 안 되던 시절이 있었고, 그 시절을 견디며 죽음이라는 단어를 붙잡고 하루하루 버티는 사람한테 꿈이라뇨. 오로지 안정적인 직장을 다니는 게 꿈이었고, 빚 갚는 게 꿈이었죠. 사람들이 장난삼아 말하는 '로또 1등이 되면….'이란 것도 생각할 여력이 없었어요. 그 돈도 아까웠으니. 주변 지인들이 꿈(미래)에 관해 이야기하면 '살 만한가 보네', '너는 꿈꿀 수 있는 여유도 있구나.'라는 생각이 들었죠.

삶이 팍팍할 땐 꿈을 먼저 포기해요. 계속 뒤로, 뒤로 밀려납니다. 그렇게 꿈은 사라지고. 나의 어두운 면을 들키지 않기 위해 웅크리며 얕은 친분만 유지한 채, 최소한의 숨만 쉬고 살자 마음먹었죠.

어느 날 엄마와 이런저런 대화를 하던 중 "엄마 나는 어릴 때는 꿈이 많았거든. 근데 지금은 꿈이 없어." 우리 엄마가 말하기를 "꿈은 있어야 하는데 어떡하니." 40살 먹은 노처녀 딸이 꿈이 없다는 게 걱정이었나 봐요. 40대에 꿈이라니. 그런데 문득 그런 생각을 해봐요. 이렇게 살아도 되는 걸까? 매일 숨 쉬며 살고는 있지만 어딘가 잘못된 것 같다는 생각이 드는 거죠.

이렇게 살다 간 정말 망하겠다 싶은. 꼬꼬마 때의 저의 꿈은 피아니스트였어요. 아주 단순해요. 피아노를 배우고 있었거든요. 그리고 그 당시에 미스코리아가 인기였는데 저도 미스코리아가 되고 싶었죠. 미처 몰랐어요. 이렇게 키작녀로 성장할지(키만의 문제가 아니지만) 어릴 적 꿈은 그냥 막연히 되고 싶은 거였어요. 될 확률은 의미 없죠. 물론 그 꿈을 이루기 위한 고통의 무게도 염두에 두지 않아요. 그렇기에 쉽게 꿈은 꿀 수 있었고 이루지 못해도 상관없었죠. 이제는 이루지 않아도 되는 꿈이 아닌 이루기 위해, 제 나름대로 꿈을 정의했어요.

과정과 결과라고요. 꿈은 이루기 전까지 실체 하지 않아요. 목적 없이 꿈꿔봤자 지루한 산책길을 맴도는 거와 다를 게 없죠. 결과가 있어야 형태도 있고, 결과를 이루기 위해선 과정을 거쳐야 해요. 이렇게 정의하니 조금 구체적으로 꿈을 꿀 수 있었어요.

그러면, 이제 그 결과를 만드는 과정부터 시작해야죠. 해야 한다는 사실을 알면서도 게을러서 미루고, 귀찮아서 미루고, 결국 잊어버려서 영영 미뤄지는 반복의 일상을 살아왔어요. 만 시간 법칙이라고 하루 3시간씩 10년 하면 그 분야에서 성공한다는데(3시간은 인간적으로 너무 많고, 1시간씩만) 반복적으로 매일 꾸준히 한다는 것은 즐거운 일은 아니에요. 저는 고통스럽거든요. 새벽에 일어나는 것도 고통스럽고, 매일 그림 그리는 것도 고통스러워요. 나를 위한 기도지만 매일 하는 게 고통스럽죠. 오늘 하루는 쉬고 싶고, 그냥 자고 싶죠. 그런 마음을 이기는 게 고통스러워요. '하룬데, 괜찮겠지'란 합리화를 하게 되면 마음이 약해지고 지금까지 해왔던 루틴은 깨지죠.

저는 지금 이런 훈련을 반복하고 있어요. 이렇게 고통스러운데도 하는 이유는 꿈을 이루고 싶으니까요. 해보지 않으면 저 말이 맞는지 모르잖아요. 해보는 거죠. 고통 없이 변화도 없고, 이렇게 하루하루 쌓다 보면 언젠간 익숙해지고, 그러다 보면 내가 원하는 위치에 가 닿을 수 있지 않을까 해서요. 고통스러운 게 수고스러운 게 너무 싫었는데 지금은 희망으로 느껴져요.

제가 20대 후반에 사람에게 많이 들었던 말은 '늦었다.'였어요. 40대가 된 지금 20대 후반을 보면 절대 늦지 않은 나이였고. 뭐든지 시작해도 되는 나이였죠. 60대가 보는 40대도 무언가를 해도 늦지 않은 나이일 겁니다. 누군가가 나에게 "00씨. 나랑 나이 바꿀래요?"라고 진심을 담아 물어왔어요. 순간 당황했죠.

내가 OK 한다고 바뀔 수 있는 건 아니잖아요 "내가 00씨 나이로 돌아가면 뭐든지 할 수 있을 거 같아요. 나랑 나이 바꾸자!" 그녀는 50대 여성이었고 그 당시 저와 20살 차이가 났죠. 지금 생각해 보면 모든 게 늦었다고 생각하는 내 시간이 아깝고 미래에 대한 불안으로 무기력하게 사는 나를 안타깝게 생각했던 거 같아요.

그 이후였어요. 내 인생에서 '늦었다'라는 단어를 삭제한 것이! 쓸데없는 걱정과 미래에 대한 불안함으로 지금까지 받지 않고 미뤄놓았던 고통은 켜켜이 쌓여있었고, 그 고통을 받을 준비가 된 거 같아요. 고통들은 레벨업 하듯이 강도 높여 계속 저를 찾아올 거예요. 그럴 때마다 '감사합니다.' 하고 덥석 받으려고요.

늦었다고만 생각했다면, 꿈에 대한 본질도 꿈을 꿀 기회도 깨달음 없이, 현실에 안주하며 최소한의 안전한 범주 안에서 살려고만 했겠죠. 삶이 고단하고 오늘이 내일 같고, 내일이 오늘 같은 징글징글한 하루하루를 살아가고 있는 나에게 엄마는 아주 조심스럽게 한 이야기를 꺼냈어요.

"00야. 엄마가 들은 이야기인데. 어떤 여자애가 집 안에 있는 빚도 갚고, 집까지 살 수 있는 돈을 남기고 자살했다고 하더라." 사실 이 이야기가 아니었다면, 앞으로 한 발짝 나갈 힘을 만들지 못했을 거예요. 툭, 끈 하나가 끊어지는 것 같았거든요. '얼마나 힘들었으면 죽음이 삶을 이겼을까?' 하는 마음 뒤에 '어떤 마음이었을까? 후련했을까? 나도... 그렇게 죽고 싶다.'라고 생각했어요.

엄마는 나에게 왜 이 이야기를 들려줬을까? 엄마도 나와 같은 심정이지 않았을까? 그렇게 엄마의 이야기를 들은 후 긴 침묵이 흘렀어요. 이때 저의 꿈은 죽음이었어요. '미래라는 테두리 안에서 앞으로 잘될 거라는 희망 고문하며 살지 말고, 너도 그녀처럼 그렇게 살아라. 그게 너에겐 희망이다.' 하지만 전 그녀처럼 살지 못해 이렇게 숨을 쉬며 살아가고 있습니다. 힘들 때마다 그 이야기가 생각났고, '그래 그런 마음으로 돈을 벌자.' 생각하면 이상하게 울컥 힘이 생겼죠. 하지만 전 그런 마음은 있어도 그 마음을 행동할 용기는 없었어요. 그녀는 어떤 생각을 하며 그 삶을 버텨냈을까? 한 해, 한 해 살아도 그 마음을 헤아릴 수조차 없네요.

'나도 그렇게 죽고 싶다.'라고 했던 그 마음엔 고통도 있었지만, 죽음을 붙잡고 삶을 연장하고 싶은 간절한 마음도 있었어요. '죽고 싶었던 만큼 아팠던 것은 그만큼 살고 싶다는 증거'라고 하네요. 살아가고 싶었나 봐요. 극단적인 생각을 해서라도 살아남고 싶었나 봐요. 힘들어도 견뎌내고, 하나의 과정이라 여기면서 단단해지고 하루하루 버텨나갈 수 있길 나 자신에게 바랐던 거 같아요.
'앞으로 나아가라고 사람들도 너만큼의 고통은 받으며 살아가고 있다고' 말하는 누군가 뒤에서 밀어주는 기분이었어요. 그때 그런 과정이 없었다면 그 고통이 희망이었다는 것조차 몰랐겠죠. 지금도 그래요. 고통받지 않고 편하게 살아가고 싶어요. 하지만 그 고통이 저를 성장시켜 준다는 것을 안 이상 겪지 않을 수 없죠.
이 고통이 쌓이고 쌓이다 보면, 언젠가는 '행복한 삶'이 흘러넘칠 거라는 것을 믿고 있죠. 어쩌면 그녀의 짧은 이야기가 절 여기까지 데려다준 것 같아요. '우리는 모르는 사이지만 그래도 너는 끝까지 살아남아서 행복하게 지내라'고.

일 년 한 번의 여행

무명

[○○투어]

예약이 완료되었습니다.

기분 좋은 메시지예요. 여행이 현실이 되는 순간이기도 하죠. 그때부터 마음이 무척 분주해집니다. 그 나라는 그쯤엔 어떤 날씨이며, 어떤 옷을 입어야 하는지, 챙겨야 할 것은 무엇인지 체크 하기 시작하죠. 아직 한참 남았는데 말이에요. 떠나기 일주일부터 여행용 가방을 펼쳐놓고 생각날 때마다 하나씩 필요한 물건을 던져 놓아요. 거기서부터 저의 여행이 시작됩니다.

저는 아직 현실에 있고, 달라진 거라곤 여행을 예약한 것밖에 없어요. 하지만 이상하게 에너지가 생기고, 기분이 좋고, 하루하루가 설렜죠. 달력에 표시된 동그라미를 보며 입가에 미소가 절로 나오고, 더 필요한 것이 없는지 확인합니다.

예약 완료 전엔 모든 게 귀찮고, 급한 거 아니면 뒤로 미뤄두는, 보통의 건조한 하루를 보냈다면, 완료 후엔 체크리스트를 만들어 순서대로 일 번부터 급한 것을 쭉 써 내려가며, 누구보다 진취적으로 앞장서 v를 체크하고 상사에게 보고하듯 엄마에게 상황 보고를 합니다. 이런 귀찮음이라면 매일 해도 좋죠.

사실 저에게 여행은 귀찮은 것이고, 챙겨야 할 것도 많고, 신경 써야 할 것도 많은, 그냥 불편함을 감수하며 다녀야 하는 고난 길 같은 거예요. 엄마는 1년을 열심히 살기 위해선 여행을 꼭 해야 한다고 주장하시죠. 저도 그 말에 동의하지만, 그 모든 준비는 결국 제가 해야 했기에 하기 전부터 피곤함이 밀려왔죠. '완료되었습니다.'라는 문자가 오기 전까지는.

그 예약 메시지가 온 후부터는 좋은 여행을 해야 한다는 명분으로 매일 다양한 단어와 문장을 검색하며, 여행 가기 전 그곳을 미리 여행해요.

'꼭 먹어야 하는 음식'

'사와야 하는 선물'

'조심해야 할 것'

'가야 하는 장소'

다녀왔던 사람들의 블로그를 들어가 꼼꼼히 읽어보고 메모해요. 일할 때보다 더 집중하며, '정말 일 열심히 하네' 소리 들을 거 같이 열심히 봅니다. 그 글들에 있는 여행 팁이나 궁금한 것들을 다시 검색하는 반복을 거듭하며, 하루를 보내죠.

너무 많은 기대를 한 탓일까요? 정작 여행은 예상한 것과는 다르게 흘러갑니다. 뭐든지 계획대로 되지 않는다는 것쯤은 잘 알고 있었지만, 내가 생각한 특별함이 있는 여행은 만들 수 없었죠. 사진을 찍어야 한다는 장소를 찾을 수 없고, 사람은 너무 많고, 영어가 짧으니, 소통의 어려움이 계속 찾아오고, 옆에서 엄마는 힘들어하고. 이런 건 예상하지 않았던 것들이었어요. 변수였죠.

소통이야 가면 어떻게든 되지 않겠어? 라는 쓸데없는 자신감만 있었고, 엄마의 나이를 생각하지 않고, 내 기준으로 움직였고. 짜증만 냈죠. 엄마는 옆에서 내 눈치 보기 바빴어요. 또 언제 올지 모르는 그 나라에서 남기고 싶은 추억이 많았던 건 사실이었어요. 하지만 정작 남는 건 힘듦과, 피곤이었죠.

내가 무엇을 위해 여행을 하고, 여행 전의 설렘은 어디에서부터 온 것인지. 여행은 즐겁지 않고, 왜 힘만 드는 걸까를 생각하다 문득 엄마를 보게 됐을 때, 많이 걸어 무릎을 매만지며 아파하고 있는 모습이 보였죠. 내가 여행을 결심한 이유, 엄마가 더 나이 들기 전에 함께 여행하고 싶은 마음이 컸기 때문이었어요. 내가 어린아이일 때 엄마가 보여줬던 세상이 있었던 것처럼, 이제는 내가 엄마에게 더 넓은 세상을 보여주고 싶었죠. 하지만 여행 전의 설렘 때문인지, 욕심 때문인지 엄마의 상황을 고려하지 않고, 당연히 좋아하실 거라 멋대로 생각했던 거예요.

"여행 오니까 아픈지도 모르겠다."

당신 때문에 딸이 신경을 쓸까 봐, 힘들어도 힘들지 않다고 걸어주는 엄마를 보며 미안한 마음만 들었어요. 여행을 오기 전 나는 무엇을 위해 준비하고, 설렜는지 다시 한번 생각하게 됐죠.

"일 년에 적어도 한 번은 꼭 여행을 가자."

엄마와의 약속이었으며, 나와의 약속이었어요. 그 말을 지키기 위해 나와 엄마는 1년을 열심히 살아냅니다.

그 1년을 보상받을 것처럼. 여행의 목적은 얼마 남지 않은 것 같은 시간 때문이었죠. 앞으로 10년. 15년. 나도 늙어가고 엄마도 늙어가는 이 상황에서 조금이라도 젊은 몸으로 움직임이 둔하지 않을 때 여행을 다니고 싶어 하는 엄마 마음을 알았던 순간, 더 이상 약속을 미룰 수 없었어요.

"00야, 내가 힘이 조금 있을 때 그래도 다리가 덜 아플 때 여행 다니고 싶어."

시간이 많다고 생각하지만 그렇지 않아요. 여행을 다녀보니 더 절실히 알게 됐죠. 엄마의 몸은 예전 쌩쌩했던 사람의 것이 아니었어요. 낯선 장소에서는 엄마 모습이 더 선명하게 보이더군요. 애틋한 마음으로 바라보게 된 엄마가 "고마워! 00아, 이렇게 좋은데 데리고 와줘서."라고 말해줍니다.

"고맙긴…"

내 여행의 설렘은, 어린아이처럼 좋아하며 여행을 준비하고, 모든 순간을 사진처럼 저장하려는 엄마 모습에서 스며왔다는 것을 깨닫게 되었어요. '엄마가 좋으니까 나도 좋지.' '엄마가 행복하면 나도 행복하지.'

엄마가 좋아하는 모습을 보면서 설렘의 꽃이 피어난 거죠.

　여행에서 특별한 기억이라면, 현지에서 여행 길잡이를 만나 친구가 된다든지, 소지품을 잃어버렸다든지, 길을 잃었다든지, 생각지도 못한 노포를 찾아 맛있는 음식을 먹었다든지 같은 생각하지 않았던 일들이 일어난 여행일 거예요. 하지만 저에겐 그런 특별한 이벤트는 없었어요. 주변에 그런 여행을 경험한 사람들의 이야기가 그저 부러울 따름이었죠.

　그렇지만, 여행 전 설렘과 살짝 들뜬 마음으로 소란스레 준비했던 날도, 무슨 일이 일어날지 모를 여행을 상상함에도, 집을 떠나 여행지로 향하는 여정으로도 특별함은 묻어납니다.
　매일 똑같은 일상을 반복하며 건물과 사람 등 어느 것 하나 특별할 게 없어 보이는 곳을 거닐다, 타국의 낯선 길, 새로운 풍경과 날씨(비가 와도 좋았어요.)를 만나면 어디서나 볼 수 있는 하늘도 특별해 보이죠. 더더욱 그곳엔 나이 든 엄마가 있고, 너무 훌쩍 커버린 딸이 함께 있기에 그 어떤 것보다 더 소중하고, 인생의 하이라이트가 됩니다.

　올해도 1년에 한 번 있는 누군가의 생일을 챙기는 것처럼, 엄마와 특별한 여행을 했습니다. 여전히 힘들고, 피곤하고, 짜증도 나고, 싸움도 하는 여행이었죠. 소란스럽게 여행을 준비하고, '여행 가니까 좋아'를 반복하는 엄마를 보면, 괜스레 나도 그런 엄마와 함께 여행을 갈 수 있어서 참 좋고 다행이라는 생각을 해보았어요. 엄마와 함께했던 모든 날을 당연하게 받아들였던 시선이 이제는 좀 더 특별하게 보입니다.

'더 많은 시간을 함께하자.
후회 없도록 맘껏 사랑하고 많은 곳들을 눈에 담아 추억하자.'
그것만으로 나의 여행은 특별함만 남았습니다.

그림, drawing

무명

"우리 은설이 그림 진짜 잘 그린다."

"고모가 더 잘 그리잖아."

"아니야. 은설이가 고모보다 더 잘 그려."

"정말?"

"응. 고모는 은설이 만큼 그리지 못해"

제 조카는 그림을 곤잘 그려요. 색을 잘 쓰고 표현을 잘하거든요. 그 아이를 볼 때면 그림 잘 그리는 사람은 따로 있다는 생각이 들어요. 이게 노력한다고 될까 싶은 거죠. 집에 놀러 오면 제일 먼저 스케치북, 색연필을 꺼내 배 깔고 누워 그림을 그려요. 누가 칭찬해 주지 않아도 당연하듯 그림을 그리죠. 즐겁게 그림을 그리는 그 아이를 볼 때, 숙제 혹은 해결해야 하는 하나의 일처럼 그림을 대하는 저의 모습을 생각하곤 합니다. 그림을 그리려 하면 이 하얀 종이에 무엇을 채울까? 그리다 틀리거나 마음에 안 들면 어떡하나? 겁을 먼저 먹어요. 흰 종이에 점 하나 찍는 것조차 무섭죠. 그렇지만 그 아이는 10분 동안 가족 한 명 한 명의 그림을 쓱쓱 그려 댑니다. 흰 종이에 선 하나 그리는 건 아무 일 아니라는 듯.

흰 종이에 선을 넣고 색을 채우는 것은, 어쩌면 저에겐 대단한 용기가 필요한 일인지 모릅니다. 예전에 그림 심리 상담을 한 적이 있었어요. 그림을 적지 않게 그리는 학과에 다니고 있었지만, 저에게 그림을 그린다는 건, 달리기 100m 25초도 겨우 달리고 있는데 갑자기 15초로 단축하라는 것과 같은 거였죠. 종이, 연필, 지우개가 있는 책상에 앉아 그림을 2장 그려 선생님께 드렸어요.

"왜 지우개를 사용하지 않았어요?"

그림을 그리는 동안 저는 지우개를 한 번도 쓰지 않았다는 사실을 상담 선생님을 통해 알게 되었습니다. 내려앉은 가슴이 미세하게 떨리기 시작했어요. 당혹스러웠고 많이 놀랐죠. 그때의 서늘했던 기분이 아직도 생생하게 기억에 남네요.

"아! 지우개가 있는지 몰랐어요."

너무 부끄러웠어요. 솔직히 지우개가 있다는 것조차 인지하지 못했거든요.

"틀린 부분이 있거나 마음에 들지 않은 부분은 지우개를 사용하면 되는데 전혀 지우개를 사용하지 않더라고요. 잘 그려야 한다는 강박이 있는 거 같아요."

잘 그려야 한다는 강박. 디자인과를 다니면(학교에서 운영하는 상담센터여서 학과를 알 수 있었어요.) 그림을 당연히 잘 그릴 거라는 사람들의 시선이 의식됐어요. '이 정도만 그려도 디자인할 수 있구나'로 나의 모든 실력이 평가받는 건 아닐까 하는 움츠러드는 마음 때문에 못 그려도 상관없고, 잘못된 부분은 지우개로 지우면 되는데 그런 생각조차 하지 못했던 거예요. 보이는 것에 예민했던 마음이 행동으로 보였던 거죠.

그림 그리는 행위가 너무 싫었어요. 발가벗겨진 기분이었거든요. 애초에 그림은 나와 연이 없는 도구라고 생각했어요. '내가 무슨 그림을 그려.'라고만 생각했지, 그림을 배워야 한다는 생각조차 안 했어요. 그림을 그리는 게 너무 힘들고 완전 곤욕이었어요.

대학에 입학할 때도 제일 먼저 훑어본 것이 실기 없는 곳이었을 정도로 그림은 극도로 피했죠. 내가 왜 디자인과를 선택했는지 솔직히 기억나진 않아요. 단지, 나의 성향을 알고 있는 지인의 추천이 컸죠.

"언니라면 디자인 쪽이 잘 맞을 거 같아요. 언니 만드는 거 좋아하잖아요."

하지만 학교 다니는 내내 그림을 잘 그리는 아이와 그렇지 못한 아이의 상황은 극명히 나뉘었죠. 스케치, 창작을 하더라도 자신의 색이 정확하게 드러나 있었어요. 사실 부러웠죠. 그런 재능이 있다는 것을. 내 것이 될 수 없기에 특별한 노력을 해보지 않았어요.

수업 중에 그린 그림을 공모전에 내보라는 교수님의 말씀을 어긴 적도 있었죠. 나의 창작물이 아닌 다른 그림을 보고 그린 그림이었기 때문에요. 그건 베낀 것이지 내 것이 아니었어요.

학교에서만 그리면 끝날 일이라고 생각했던 건 저의 오만이었죠. 입사 5년이 지난 후, 일에 재미가 없어졌어요. 물론 재미로 일을 하지 않지만, 입사 초기엔 모든 일이 흥미로웠고, 재미있고, 흥분됐어요. 내가 작업하고, 완성되어 실물로 보이는 것이 신기했죠. 일이 익숙해지면서 차츰차츰 서서히 일의 능률이 떨어지고, 에너지가 느껴지지 않았어요. 기계적으로 일하는 나만 남아 있었죠.

성장이 멈춰서 그런 거였어요. 월급과 지출에 초점을 맞출 뿐, 그동안 성장할 여건을 만들지 않아 고인 물이 되어 썩고 있는 나를 바라볼 뿐이었고, 맑게 흘러가는 물줄기가 부러워 쳐다볼 뿐이었어요. 맑게 흘러가는 물줄기로 가려면 어떻게 해야 하나? 고민하게 되었고 그때 생각난 것이 그림이었어요.

제 일에 그림이 필요하다는 건 애초에 알고 있었죠. 그리는 것을 좋아하지 않았고, 무섭다는 이유로 피했지만, 결국 그림을 선택하게 되었어요. 현재에 성장하고 싶었고 앞으로 더 나아가고 싶었어요. 도태되어 가고 있었고, 대체될 수 있는 소모품 인생 같았죠. 대체되지 않는 사람이 되기 위해서 무언가를 해야 했어요. 그림이 정말 좋아서 선택한 게 아닌 생존을 위한 선택이었죠.

적어도 1년을 그리면, 1년 전보다 나아진 삶을 살고 있진 않을까 하는 기대감으로. 앞으로 나아갈 도구로 그림을 선택했고 그 선택의 책임을 져야 했어요. 시간적으로나, 금전적으로.

찾으면 보인다고 했나요?

그림을 그린다고 결정만 했지, 어떤 그림을 그려야 하는지 어떤 그림을 좋아하는지 몰라 손대지 못하고 있었어요. 천성이 게을렀고, 미루기 일쑤였으니 시간은 덧없이 흘렀고, 계획한 대로 되지 않았죠. 올해 초였을 거예요. 제 머릿속엔 언제나 보일 듯 보이지 않는 뿌연 안개가 답답하게 가려져 있었어요.

'저 안개를 걷고 싶다. 저 안에 무엇이 있을까?' 마음은 붕 떠 있고, 생각은 몸이 가닿을 수 없는 곳까지 멀리 가 있었죠. '퇴사할까?' '나의 모든 것을 걸고 한 번쯤은 하고 싶은 것을 할까?' '어차피 밑바닥인데 더 내려갈 곳도 없어. 지금 안 하면 후회할지도 몰라' 그렇게 생각이 서너 바퀴쯤 돌았을 즈음, 멀지 않은 곳에서 답을 찾을 수 있었죠. 가끔은 모르는 사람이 툭 던지는 말이 답이 되기도 하더라고요.

"사람은 언제 죽을지 모르는데 모든 것에 큰 의미는 두지 마세요. 현재에 감사하게 살고, 하고 싶은 것이 있다면 손이 닿지 않는 멀리 있는 곳에서 찾지 말고, 발밑에서 찾으세요. 찾아가다 보면 서로 연결되더라고요."

참 단순한 말이고 아는 말이죠. 이 말과 함께 내 머릿속에 끼어 있던 안개가 가라앉는 느낌이었어요. 멀리서 찾고 잡히지 않는 것은 나의 허상이었고, 지금은 그곳으로 가기 위해 만들고 다듬어야 하는 시간이라는 것을 알게 되었죠. 생각보다 제가 원하는 것은 아주 아까운 곳에 있었고, 마음만 조급하게 먹지 않으면 되는 거였어요. 그렇게 글쓰기와 드로잉을 만났죠.

드로잉 학원에 등록해 3개월을 다녔어요. 5일 일하고 주말에 학원 다니면서 힘들고 지치고 내가 왜 주말에 이러고 있나 싶기도 했지만, 덧없이 흘러가는 시간은 아니었어요. 드로잉에 대한 새로운 공기가 흘렀죠.

저는 선을 한 번에 그으려는 습관이 있었고, 그런 습관 때문에 선을 그을 때마다 자괴감과 짜증이 교차로 온 몸속을 휘저었어요. '선 하나 그리는 게 뭐라고 사람 속을 이렇게 뒤집어 놔!'하면서요. 아무리 잘 그리는 사람도 원하는 선을 한 번에 그리지 못해요. 얇은 선을 긋고 그 선위의 50% 지점에서 다시 얇은 선을 긋는 것을 반복하며 직선, 곡선을 만들어 내죠.

선 쓰는 것이 달라지니 그림 그리는 것에 부담이 확실히 줄었어요. 방법을 몰라서 거리를 두었던 그림과 조금은 친해지는 시간이었죠. 선을 반복해 그어 하나의 완벽한 선을 만들 듯 시간이 걸려도 꾸준히 오래 하는 지혜가 생겼어요. 한 가지를 끝까지 끈질기게 해본 적이 없거든요. 흥미를 빨리 잃었고, 지루해하고, 변덕이 심해서, 흥분으로 살짝 들뜰 수 있는 무언가를 항상 찾았는데 그림은 나를 오래 붙들었어요.

그림 그리는 시간은 온전한 나만의 시간이 되니까요. 좋아하는 음악을 듣거나 라디오를 듣기도 하고 창문을 열어 창밖의 소음도 들어요. 그런 소리가 이 시간의 지루함을 달래주기도 하고, 고요한 나의 머릿속에 순간 빛을 발하기도 하죠.

그림 그리기 좋은 시간은 주말 3시쯤이에요. 무언가 하고 싶지만 애매하고, 꽤 나른한 시간이죠. 그런 자투리 시간을 이용해 그림 그리는 시간으로 이용하면 '나 좀 부지런한 사람이구나'라는 기특한 마음도 생기죠. 그렇게 그림과 나 사이에 특별한 기운이 흐르는 것만은 확실했어요.

어떤 책에서 읽은 내용 중 '인생에 정성을 들이자, 정성을.'이라고 쓴 글을 본 적이 있어요. 그 문장을 읽었을 때 나는 내 인생에 얼마큼의 정성을 들이며 살고 있나? 생각했습니다.

하지만 바로 패배를 인정해야 했어요. 내 인생에 정성을 들인 적이 없기에. 디자인 작업도 마찬가지예요. 한 번에 작업을 끝내기보다 두 번 세 번 여러 번 정성을 들여 작업을 하면 고민한 흔적이 고스란히 작업물에 묻어나죠.

하지만 그 정성을 다른 사람이 몰라줘도 상관은 없어요. 내가 아니까. 그림에도 그렇게 '정성'을 들이려고요. 안된다고 포기하지 말고 마음에 드는 그림이 나올 때까지 정성을 들여 고민하며 차곡차곡 쌓아 그려보기로.

잘하지 못하더라도, 내가 상상하는 내 모습에 조금씩 다가가기 위해 시도하는 것 자체가 즐거운 거 같아요. 반복적으로 돌아가는 생활에 돌파구를 찾고 싶었고, 지금의 모습이 아닌 다른 한 분야의 확실한 전문가가 되길 꿈꿨어요. 그림을 자의로 시작했든 타의로 시작했든 피하지만 말고 솔직히 대면하고, 내가 생각했던 미래를 상상하며 행복한 기록을 남기고 싶네요.

나오는 말

이형정
작가, 일러스트레이터

자신을 드러내지 않는 온라인 모임이 아닌 직접 얼굴을 보고 목소리를 듣고 일상의 대화를 나누는 이들에게 한 달에 한 번씩 글로 나를 보여야 하는 일은 어려운 일이 분명합니다.

되돌아보면 아픈 기억, 아직 현재로 머물러 생생하게 쓰라린 상처와 고민을 털어놓고 나면 후련해지는 쪽도 있겠지만 반대로 더 깊이 침잠하는 쪽도 있겠지요. 각자만 알고 있는 사정을 안고 끌고 엎으며, 떠올리면 막막해지는 미래 앞에서 서로 조용한 응원으로 글을 끝까지 마무리한 학인들에게 참 고마운 오늘입니다.

멈추기는 했지만 포기하지 않았던 글쓰기.

반년, 짧지 않은 시간을 자신을 들여다보는 일에 썼던 학인들은 제게 이런 말들을 했습니다.

—저는 제가 이 정도 분량의 글을 쓸 수 있는 사람이라고 전혀 생각지 않았어요. 그런데 쓰다 보니 나도 이렇게 내 이야기를 할 수 있는 사람이구나 싶고, 내가 겪은 일을 조리 있게 전달할 수 있는

사람이 되었다는 생각에 저는 지금 딱 좋아요.

—쓰면서 해방감을 느끼고 온전히 내게 집중할 수 있어서 좋았어요. 과거의 나를 떠올리는 건, 후회로 가득한 시절이라 힘들지만 그래도 그때를 돌아보는 일이 제게는 필요했던 것 같아요.

—글쓰기는 여전히 어려워요. 그래도 할 수 있다는 자신감이 생겼어요. 내 글이 왜 마음에 안 들었는지 그 이유도 찾았고 자주 틀리는 단어도 이젠 알아요. 부족하지만 계속 쓰면 언젠가 누군가의 마음에 오래 기억되는 글도 쓸 수 있겠죠. 도와주셔서 고마워요.

어떤 인연이길래 우리가 만나 서로 격려하며 마음을 나누는 사이가 될 수 있었을까요? 그 답을 찾지 못한 채로, 우리들의 글쓰기가 앞으로 꾸준하게 이어지기를 바라는 저는 이 책을 끝까지 읽어주신 분들과 귀한 이야기를 만날 수 있게 글쓰기 수업을 제안해 주셨던 동네서점 [바베트의 만찬] 철지기, 별지기 두 사장님께 감사하다는 인사를 전하며 글을 마치려고 합니다.

글을 통해 자신을 발견하고 타인을 이해하는 그 귀한 시간을 경험한 우리는 '나'를 잊지 않습니다. 그리고 세상에 존재하는 모든 '나'를 함부로 대하지 않습니다. 그렇게 믿고 싶습니다.

당신은 어떤 사람인가요?
당신의 '내'가 되는 법이 궁금합니다.

내가 되는 법
이형정 엮음

1판 1쇄 2024년 11월 22일

지은이 가람 유나 서영 승연

펴낸이 이형정

디자인 백지은 이형정

펴낸곳 두톨북스

주소 대전광역시 유성구 학산로80-15

전자우편 bookhee2020@gmail.com

인스타그램 @dootol_books

ISBN 979-11-990115-1-9